# Zivilflugzeuge

ZIVILFLUGZEUGE

MOEWIG

Deutsche Erstausgabe
Aus dem Italienischen von Anneliese Braun

Fotos: Archivio AME, Agenzia fotografica Overseas, R.T. Publiservices
Textbearbeitung: Heinz J. Nowarra
Auslieferung in Österreich: Pressegroßvertrieb Salzburg
Gesellschaft m.b.H., Niederalm 300, A-5081 Anif
Printed in Italy 1991
Gesamtherstellung: Mondadori, Verona
ISBN 3–8118–8568–5

# EINLEITUNG

Der erste Flug in der Geschichte der Menschheit (mit dem *Flyer*) fand am 17. Dezember 1903 statt. Am 14. April 1981 kehrte die Raumfähre Columbia zur Erde zurück. Welche Grenzen sind der Entwicklung der Luftfahrt gesetzt? Das moderne Space Shuttle, mit dem das alte »Schwerer-als-Luft« – Gefährt in die Weiten des Weltraums, in Dimensionen der Zukunft vorstößt, hat symbolisch den Kreis geschlossen, der mit den ersten Versuchen von Orville und Wilbur Wright begann. In vielerlei Hinsicht stellt die Raumfahrt das Extrem der Luftfahrt im traditionellen Sinne dar. Ebenso symbolisch ist die ungefähr 90 Jahre umfassende Geschichte, die von historischen Ereignissen, bemerkenswerten Konstruktionen und außergewöhnlichen Menschen geprägt wurde.

Diese neun Jahrzehnte bis hin zum heutigen Tag sind Gegenstand des vorliegenden Werkes – mit einem notgedrungen begrenzten Umfang, der es nicht erlaubt, jedes einzelne Ereignis zu beschreiben. Dennoch werden wir den Versuch wagen, einen zusammenfassenden, detailgenauen Blick auf den langen Weg zu werfen, der bei der Eroberung des Luftraums zurückgelegt wurde. Dieser Weg ist gezeichnet von immer neuen Herausforderungen und immer neuen Erfolgen, und selbst heute ist man noch weit vom Endpunkt der Entwicklung entfernt, obwohl die Atmosphäre, das natürliche Element eines jeden Flugzeugs, längst überlistet worden ist.

### Flugzeuge

Der wohl ehrgeizigste menschliche Traum ging von der Öffentlichkeit fast unbemerkt in Erfüllung. Nach den mißglückten Versuchen von Samuel P. Langley mit seinem »Aerodrome« hatte die amerikanische Presse heftige Kritiken veröffentlicht und die allgemeine Skepsis geschürt, so daß der historische Morgen des 17. Dezember 1903, an dem zum ersten Mal in der Geschichte der Menschheit ein Motorflugzeug vom Boden abhob, kaum Beachtung fand. Der *Flyer I* hielt sich 12 Sekunden in der Luft und legte dabei 37 m zurück. Aufgrund ihrer bisherigen Erfahrungen stand die Presse diesen utopischen Flug-

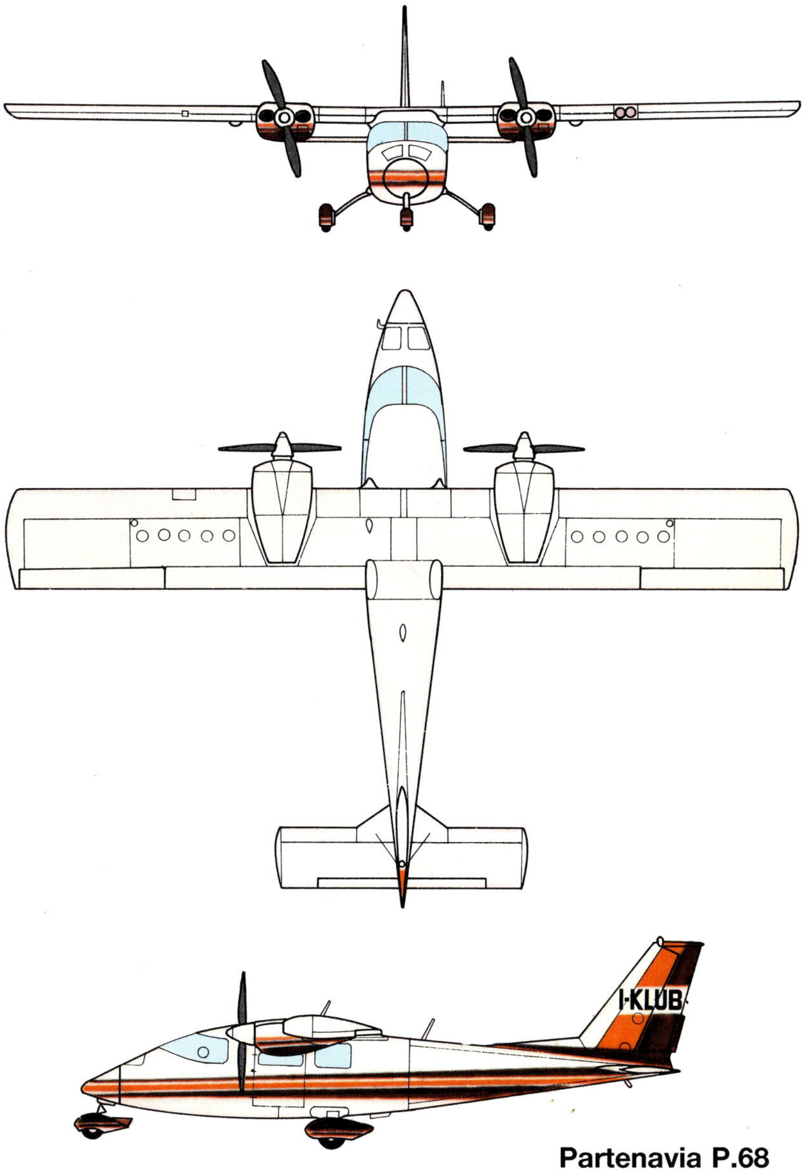


Partenavia P.68

versuchen äußerst skeptisch gegenüber und betrachtete das Unternehmen der Gebrüder Wright als einen der vielen versponnenen Versuche, die die Titelseiten der Zeitungen in aller Welt füllten. Auch fünf Monate später, am 4. Mai 1904, war den beiden Brüdern das Glück nicht hold. Siegesgewiß hatten sie Journalisten und Fotografen eingeladen, dem ersten Start ihres verbesserten *Flyer II* beizuwohnen, doch eine Motorpanne verhinderte das Abheben des Flugzeugs.
Trotz eines dreijährigen Vorsprungs gegenüber Europa sollte es noch einige Jahre dauern, bis man sich in Amerika der ungeheuren Bedeutung und Möglichkeiten der Luftfahrt in vollem Ausmaß bewußt wurde. Noch im Oktober 1905, als der *Flyer III* bereits über eine halbe Stunde geflogen war und dabei fast 39 km zurückgelegt hatte, lehnte das Kriegsministerium es ab, sich näher mit dem Thema Flugzeug zu beschäftigen. Und während Orville und Wilbur Wright sich von der aktiven Fliegerei zurückzogen, um sich mit der Verbesserung ihres Fluggeräts und der Lösung weiterer Probleme zu beschäftigen, und geduldig darauf warteten, daß eines Tages jemand den Nutzen ihrer Erfindung erkennen würde – was allerdings bis 1908 dauern sollte – holte Europa seinen Rückstand allmählich auf.
Nach dem tödlichen Unfall Lilienthals im Jahre 1896 war die Entwicklung des Flugzeugs in Europa zum Stillstand gekommen. Erst 1901 wurden die Ideen des deutschen Pioniers von dem französischen Hauptmann Ferdinand Ferber wieder aufgegriffen. Nachdem er einige Gleiter ähnlich denen Lilienthals erprobt hatte, beschäftigte er sich schließlich mit den Starrflüglern der Gebrüder Wright. 1904 erreichte Ferbers originelles Gleiterprojekt seinen Entwicklungshöhepunkt. Der fast eigenstabile Doppeldecker mit festem Schwanz war eine bahnbrechende Neuerung und sollte die späteren Flugzeugtypen entscheidend prägen. Noch im selben Jahr führte der französische Pionier in Chalais Meudon seinen ersten Flug mit einem Passagier an Bord durch. Sein Gleiter hob für wenige Sekunden vom Boden ab. Ferber war sich darüber im klaren, wieviel er den Gebrüdern Wright zu verdanken hatte. »Ohne diesen Mann wäre ich ein Niemand geblieben«, sagte er 1908 von Wilbur, »ohne ihn hätten meine Experimente gar nicht erst stattgefunden.«
Ferbers Erfolg wirkte ansteckend. Männer wie Louis Blériot, Gabriel Voisin, Robert Esnault-Pelterie oder Ernest Archdeacon, die wenige Jahre später Weltruhm erlangen sollten, machten sich ans Werk. Ein weiterer Anreiz zur Entwicklung der europäischen Luftfahrt war die Tatsache, daß der *Aéro Club de France* mehrere Preise aussetzte, u.a. den Ernest-Archdeacon-Pokal für den ersten Flug über 25 m Entfernung, 1500 Francs für den ersten Flug über 100 m, sowie den Deutsch-Archdeacon-Preis in Höhe von 12 000 Francs für den Piloten, der als erster die Strecke von einem Kilometer zurücklegen würde.
Es sollte zwei weitere Jahre dauern, bis die ersten beiden Trophäen verliehen werden konnten, beide an Alberto Santos-Dumont, der sie am 23. Oktober und 12. November 1906 vor einem begeisterten Publikum in Empfang nehmen konnte. Die kurzen Flüge des brasilianischen Luftfahrtpioniers konnten zwar nicht mit den Flügen des *Flyers III* der Brüder Wright im Vorjahr verglichen werden, aber sie bewiesen zumindest, welche Fortschritte inzwischen auch in Europa erzielt worden waren. 1908 war ein sehr bedeutendes Jahr. Nach über zweijähriger Pause beschlossen die Gebrüder Wright, erneut vor Publikum zu fliegen, was die Welt der Luftfahrt geradezu aufrüttelte. Während Orville in den Vereinigten Staaten blieb, um mit der US-Armee über den Verkauf eines Militärflugzeugs zu verhandeln, reiste Wilbur nach Frankreich. Seine Flugvorführungen in Le Mans brachten die europäischen Flugbegeisterten zum Stau-

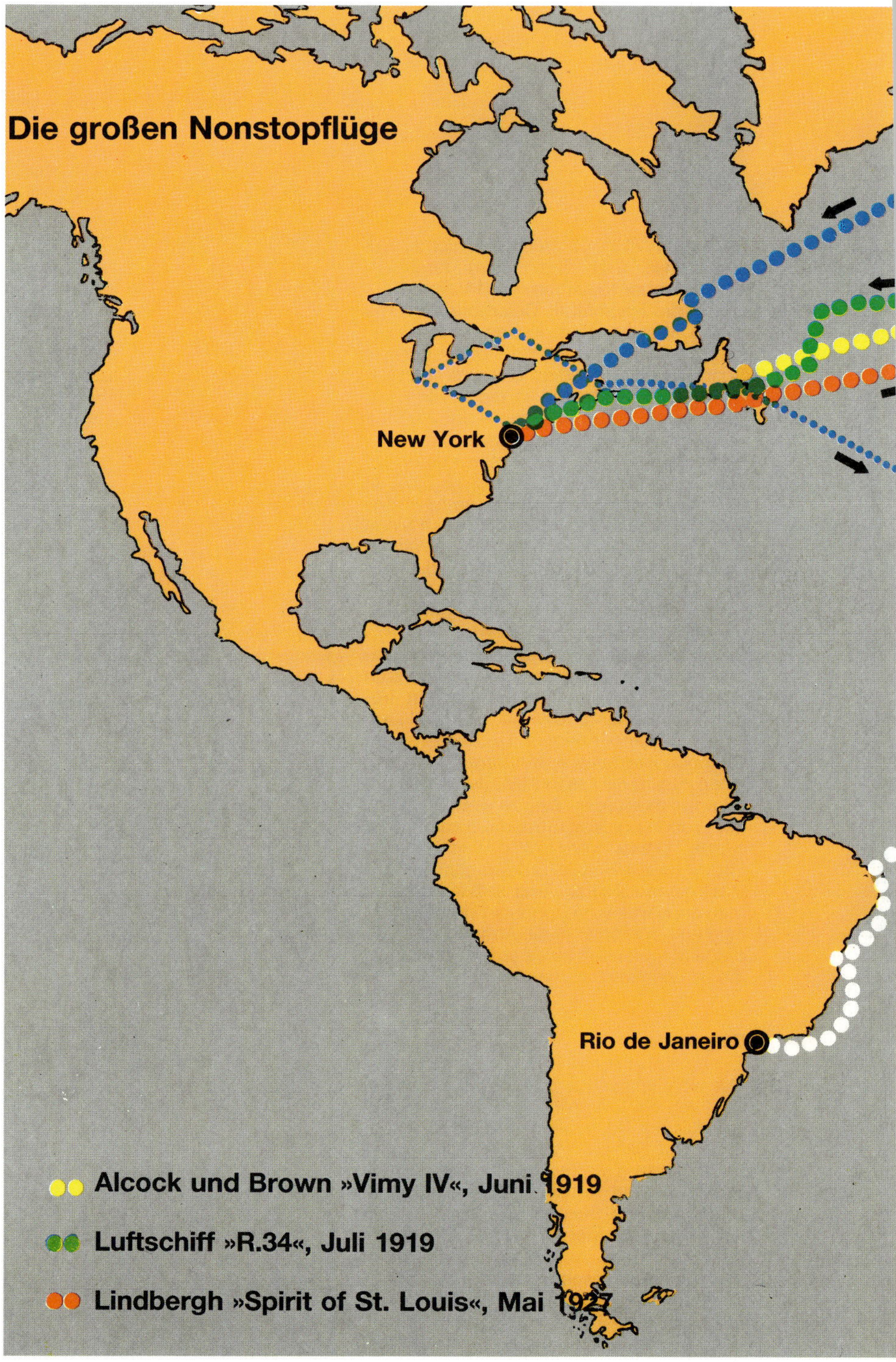

nen. Man bewunderte, wie perfekt er seine Maschine beherrschte und zu steuern verstand. Davon hatten die französischen Pioniere bislang nur zu träumen gewagt.
Die Wrights waren zu ihrer Zeit zweifellos die Besten, was sie auch der ganzen Welt demonstrierten, aber sie blieben nicht die einzigen. Ebenso wichtige Meilensteine waren die Rekordflüge von Farman, Delagrange und Blériot. Auch Großbritannien, das bisher nur eine Nebenrolle gespielt hatte, brachte Flugpioniere wie Samuel Franklin Cody und Alliott Verdon Roe hervor. Die amerikanische *Aerial Experiment Association* baute hervorragende Flugzeuge wie den *June Bug* von Glenn Curtiss und den *Silver Dart* von J.A.D. Mc Curdy.
1909 hatte die Luftfahrt einen ersten Reifegrad erreicht. Flugzeuge galten nicht mehr nur als faszinierende, aber einem kleinen Kreis Interessierter vorbehaltene Kuriositäten, sondern allgemein als ein neuartiges, praktisches und sicheres Produkt des menschlichen Geistes. Zwei wichtige Ereignisse hatten entscheidend dazu beigetragen: Louis Blériots Flug über den Ärmelkanal und die erste internationale Flugveranstaltung in Reims. Ersteres demonstrierte den bisher erreichten Fortschritt im Bereich der Luftfahrt, das zweite öffnete den Weg für die großen sportlichen Wettflüge, die die Entwicklung der Flugzeuge und Flugzeugmotoren entscheidend voranbrachten. Die »Große Woche der Luftfahrt« in der Champagne – unter der Schirmherrschaft des Präsidenten der französischen Republik und mit Preisgeldern von insgesamt 212 000 Francs ausgestattet – führte zu mehreren neuen Rekorden und Höchstleistungen. Um nur einige zu nennen: Henri Forman III stellte mit 180 km den Streckenrekord auf, der *Curtiss Golden Flyer* war mit 75 km/h am schnellsten, während Hubert Latham in seiner *Antoinette VII* mit 155 m eine Höhenbestleistung erzielte. In Reims wurden auch zwei neue Errungenschaften der aufblühenden Luftfahrtindustrie vorgestellt: die Propeller von Lucien Chauvière, die ersten in Europa gebauten, leistungsfähigen Propeller sowie die revolutionären Umlaufmotoren Gnôme der Brüder Séguin.
Nach dem Antoinette-Motor von Léon Levasseur (8-Zylinder-V-Motor, 150 kg Gewicht, 50 PS, Direkteinspritzung und Kühlung durch Verdampfung), der die ersten Erfolge der europäischen Pioniere ermöglichte, war der Umlaufmotor von Laurent und Louis Séguin Grundlage einer neuen Generation von Triebwerken, die eine ganze Epoche der Luftfahrt prägen sollte. Das Prinzip des in den ersten Jahren des 20. Jahrhunderts von dem Australier Lawrence Hargrave entwickelten Umlaufmotors wurde von den beiden französischen Konstrukteuren auf geniale Weise weiterentwickelt. Indem sie auf mechanische Ventile verzichteten und die Einlässe in den Zylinderboden verlegten, lösten sie das Problem der Gemischzuleitung zu den Umlaufzylindern auf einfallsreiche Weise. Auch die Motoren der Serie *Mono-Soupape* stellten einen entscheidenden Fortschritt in der Luftfahrt dar, und aus den ersten Typen mit 5 Zylindern wurden nach und nach 7, 9 und 14 Zylinder – letzterer in Doppelsternanordnung –, die bis zum Ende des Ersten Weltkriegs beibehalten wurden.
Reims war nur der Vorläufer der großen Veranstaltungen im Bereich des Flugsports, die der Luftfahrt wertvolle Impulse gaben: vom English Circuit bis zum European Circuit im Jahre 1911, vom Gordon-Bennett-Cup für die höchste Geschwindigkeit – der erstmals in Reims vom *Curtiss Golden Flyer* gewonnen wurde – bis zum Michelin-Cup für den Streckenrekord und zu den zahlreichen Wettflügen um den 1913 vom französischen Industriellen Jacques Schneider gestifteten Preis, der bis 1931 alljährlich ausgetragen wurde. Allerdings gab es auch Unternehmen von Einzelgängern wie jenes des Brasilianers Geo Chavez, der am 23. September 1910 im

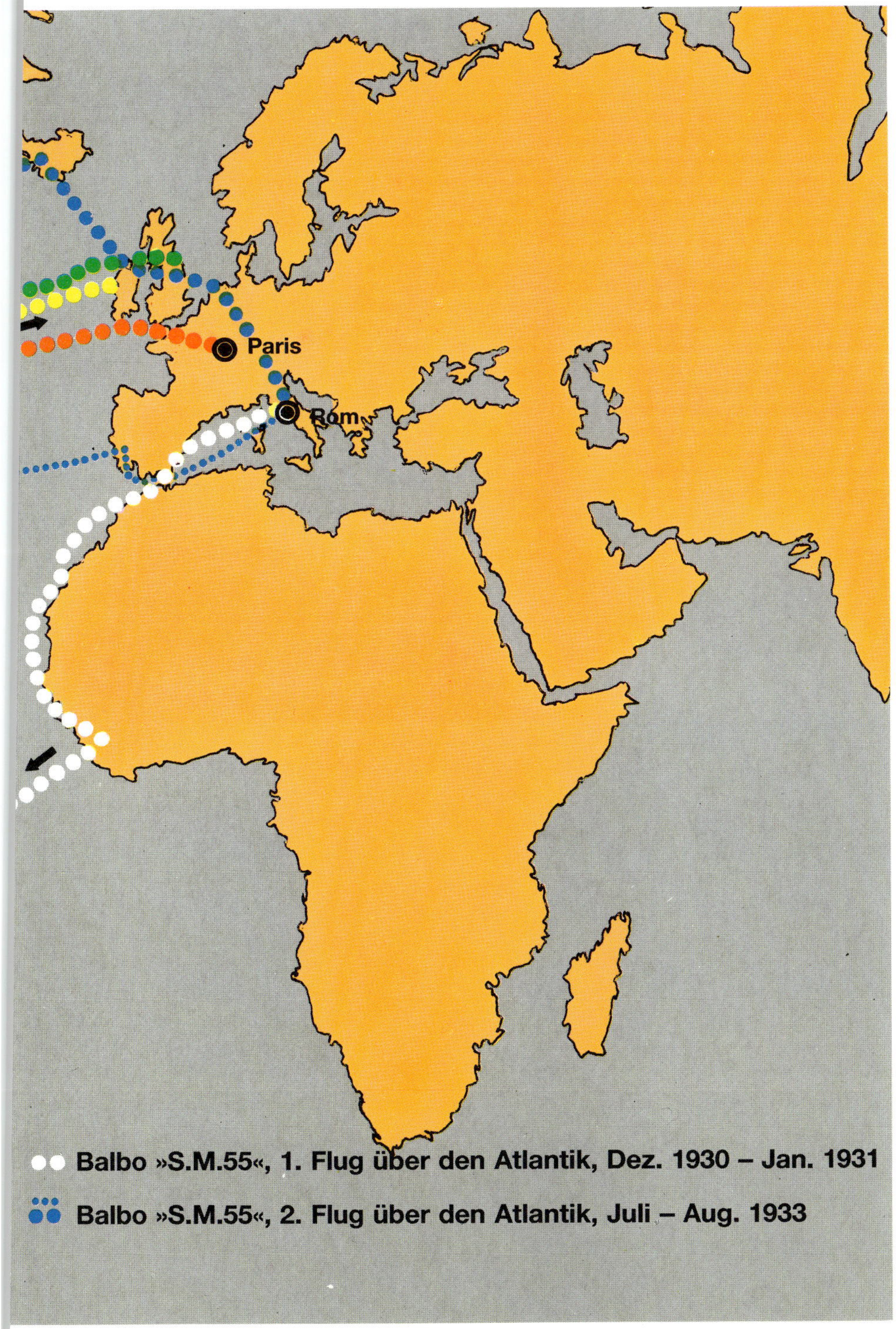

Alleinflug mit seinem Blériot-Eindecker die Alpen überquerte und tragischerweise bei der Landung ums Leben kam. Oder jenes des Amerikaners Calbraith Rodgers, der am 5. November 1911 die Vereinigten Staaten an Bord eines kleinen Baby-Wright überquerte (5000 km). Einen weiteren Meilenstein stellte im Mai 1919 die Atlantiküberquerung mit einer *Curtiss NC-4* dar.
Nach und nach trat das Flugwesen seinen Siegeszug um die ganze Welt an, und zu Beginn der 90er Jahre waren in den 145 zur *ICAO (Internationale Zivilluftfahrt-Organisation)* gehörenden Ländern über 300 000 Zivilflugzeuge angemeldet.
Diese Dimensionen und der ständig wachsende zivile Flugverkehr (für das Jahr 2000 werden bis zu 35 Mrd. Passagiere prognostiziert) zeigen die Bedeutung der Luftfahrtindustrie. Schwindelerregende Zahlen lassen den riesigen, hochtechnisierten Industrieapparat erahnen, der ständige Forschungen betreiben und unerhört hohe Investitionen tätigen muß, um mit dem wachsenden Markt Schritt halten zu können.
Die Produktion von Zivil- und Verkehrsflugzeugen stellt jedoch nur eine Seite dieses wichtigen Industriezweiges dar. Die andere nicht weniger bekannte Seite sind Militärflugzeuge. Auf den ersten Blick scheinen die Anforderungen, die an Zivil- und Militärflugzeuge gestellt werden, völlig verschieden zu sein, ihre technische Weiterentwicklung ist jedoch unmittelbar miteinander verknüpft und beeinflußt sich wechselseitig, da die Problemstellungen auf die gleichen Ursprünge zurückzuführen sind. Die Luftfahrtindustrie ist heutzutage bei der Serienfertigung ihrer modernen Linienflugzeuge auf ausgeklügelte Technologien (hinsichtlich Aerodynamik, Metallurgie und Elektronik) angewiesen, die bei der Konstruktion von Militärflugzeugen entwickelt wurden. Und keiner der heute weltweit führenden Flugzeughersteller – man denke nur an die US-Konzerne – könnte heute erfolgreiche Zivilflugzeuge auf dem Weltmarkt anbieten, wenn er nicht parallel dazu im staatlich subventionierten Bereich forschen und produzieren würde, der – zumindest auf dem Papier – dem Kriegsfall dient. Obschon der letzte große Weltkrieg über vierzig Jahre zurückliegt, sind diese Wechselbeziehungen noch immer sehr groß, und sie erhalten ihre Dynamik auch weiterhin aus der militärischen Aufrüstung. Neben den großen Anstrengungen im Bereich der Weltraumforschung, die ab Beginn der 60er Jahre auch die Luftfahrtindustrie geprägt und das Wachstum in diesem Sektor enorm gesteigert haben, ist die militärische Aufrüstung ein Charakteristikum der Geschichte der Luftfahrt.
Paradoxerweise wären in den fast neunzig Jahren des modernen Flugzeugs die Entwicklung und die technische Ausreifung wesentlich langsamer vorangekommen, wenn es keine Armeen gäbe und zwei Weltkriege und eine Vielzahl kleinerer Konflikte sie nicht vorangetrieben hätten.

### Hubschrauber

Der Hubschrauber, eine unförmige und zugleich phantastische Maschine, hat sich zu einem unersetzlichen Lufttransportmittel entwickelt. In den sechzig Jahren seit seiner Erfindung – 1936 wurde der erste brauchbare Hubschrauber von Focke und Achgelis in Bremen gebaut – hat es bemerkenswerte Fortschritte gegeben: auf der Basis der unsicheren, wackligen Blechkisten der 20er Jahre wurden z.B. der riesige Mil, der sechzig Passagiere aufnehmen kann, der schnelle Hughes AH-64 Kampfhubschrauber und der elegante Agusta A.109 entwickelt. Technisch ausgereift, fliegt der Hubschrauber heute bis zu 300 km/h schnell, transportiert tonnenweise Lasten und ist äußerst vielseitig einsetzbar.
Der Hubschrauber ist eine komplizierte Maschine, die aus vielen mechanischen, mit äußerster Genauigkeit angefertigten Teilen besteht. Er erfordert eine penible und aufwendige Wartung und verursacht zudem wesentlich höhere Betriebskosten als ein Gleitflugzeug ähnlicher Kategorie. Dies sind einige der Gründe, die die Entwicklung des Hubschraubers für die Zivilluftfahrt zweifellos gebremst haben, während er sich im militärischen Bereich sehr schnell durchgesetzt hat, wie die kriegerischen Auseinandersetzungen der letzten Jahre eindeutig gezeigt haben. In speziellen Einsatzbereichen – man denke nur an die Versorgung von Erdölplattformen oder an Hilfsaktionen in schwer zugänglichen Gebieten – hat es sich gezeigt, daß Hubschrauber geradezu unersetzlich sind.
Eine der genialsten Erfindungen in der Geschichte des Hubschraubers haben wir Antonio Forlanini zu verdanken. Sein Hubschraubermodell flog 1877 mit zwei übereinander angeordneten koaxialen Luftschrauben. Die obere wurde von einer 2-Zylinder-Dampfmaschine angetrieben, während die entgegengesetzt drehende untere Schraube fest mit der Maschine verbunden war, um die Eigenrotation aufzuheben. Bis zur Geburt des eigentlichen Hubschraubers mußte man sich allerdings noch etwas gedulden: Sie fand praktisch gleichzeitig mit der des Flugzeugs statt, und zwar am 29. September 1907, als sich Volumand in Frankreich mit seinem komplizierten Gyroplane, das von Louis und Jacques Bréguet gebaut worden war, in die Lüfte erhob. Die erreichte Höhe war minimal – nur 60 cm – und die Maschine absolut unkontrollierbar, so daß vier freiwillige Helfer sie festhalten mußten. Trotzdem war es das erste Mal, daß sich ein bemanntes, mechanisches Gefährt mit Rotoren vertikal in die Höhe hob, auch wenn man noch nicht von einem richtigen Flug sprechen konnte.
Die Bréguets waren allerdings nicht die einzigen Tüftler. Ihr Rekord wurde ihnen schon bald von Paul Cornu, einem Fahrradmechaniker aus dem französischen Lisieux, streitig gemacht. Sein »Fliegendes Fahrrad« hatte zwei hintereinander auf Auslegern montierte Rotoren von je 6 m Durchmesser, die über Riemen von einem 24-PS-Antoinette-Motor angetrieben wurden. Im Mittelteil des Rumpfes waren Motor, Pilotensitz und Treibstoffbehälter untergebracht. Das Ganze wog nur wenig mehr als 250 kg. Nach mehreren Kurzflügen gelang es Cornu am 13. November 1907, sich in einer Höhe von 30 cm ungefähr 20 Sekunden in der Luft zu halten.

MBB/Kawasaki RK-117

# Zivilflugzeuge

1

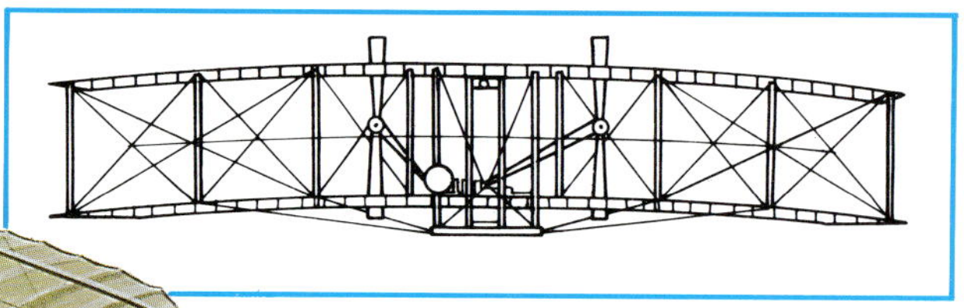

2

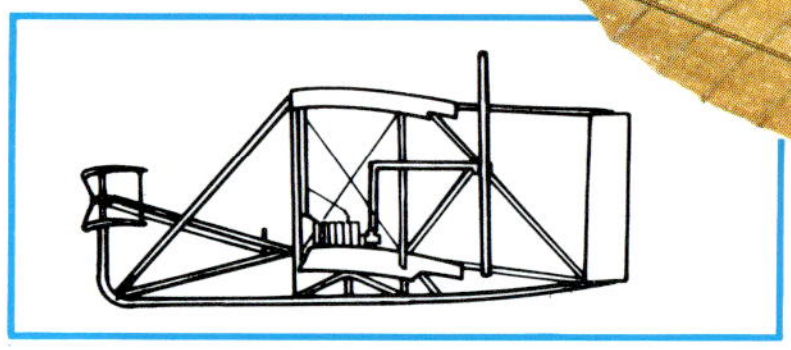

3

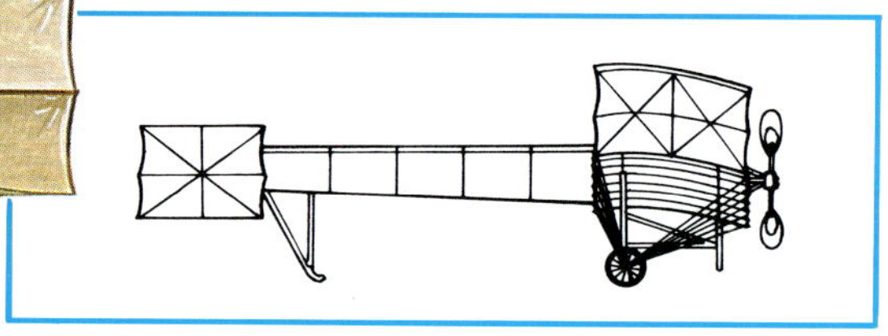

(1)

**Flugzeugtyp:** Wright Flyer I (USA)
**Hersteller:** Gebrüder Wright
**Motor:** wassergekühlter 12-PS Wright-4-Zylinder-Reihenmotor
**Flügelspannweite:** 12,29 m
**Flugzeuglänge:** 6,43 m
**Flugzeughöhe:** 2,44 m
**Flügelfläche:** 47,38 $m^2$
**Leergewicht:** 274 kg
**Startgewicht:** 340 kg
**Fluggeschwindigkeit:** circa 48 km/h
**Konstruktion:** Tannen- und Eschenholzstreben
**Bespannung:** Rohmusselinstoff

(2)

**Flugzeugtyp:** Wright Flyer III (USA)
**Hersteller:** Gebrüder Wright
**Motor:** wassergekühlter 20-PS Wright-4-Zylinder-Reihenmotor
**Flügelspannweite:** 12,34 m
**Flugzeuglänge:** 8,53 m
**Flugzeughöhe:** 2,44 m
**Flügelfläche:** 46,73 $m^2$
**Startgewicht:** 388 kg
**Fluggeschwindigkeit:** circa 56 km/h
**Konstruktion:** Tannen- und Eschenholzstreben
**Bespannung:** Baumwolle

(3)

**Flugzeugtyp:** Santos-Dumont 14 bis (F)
**Hersteller:** Alberto Santos-Dumont
**Motor:** wassergekühlter 50-PS Antoinette-8-Zylinder-V-Motor
**Flügelspannweite:** 11,20 m
**Flugzeuglänge:** 9,70 m
**Flugzeughöhe:** 3,40 m
**Flügelfläche:** 52 $m^2$
**Startgewicht:** 300 kg
**Fluggeschwindigkeit:** circa 40 km/h
**Konstruktion:** Bambus- und Kiefernholz
**Bespannung:** Baumwolle

(4)

**Flugzeugtyp:** Blériot (F)
**Hersteller:** Louis Blériot
**Motor:** wassergekühlter 50-PS Antoinette-8-Zylinder-V-Motor
**Flügelspannweite:** 11,13 m
**Flugzeuglänge:** 8 m
**Flugzeughöhe:** 2,75 m
**Flügelfläche:** 25 $m^2$
**Startgewicht:** 425 kg
**Fluggeschwindigkeit:** 80 km/h
**Konstruktion:** Tannen- und Eschenholz, Stahlrohre
**Bespannung:** Aluminium, Furnier, Baumwolle

(5)

**Flugzeugtyp:** Wright A (USA)
**Hersteller:** Gebrüder Wright
**Motor:** wassergekühlter 30-PS Wright-4-Zylinder-Reihenmotor
**Flügelspannweite:** 11,13 m
**Flugzeuglänge:** 8,81 m
**Flugzeughöhe:** 2,46 m
**Flügelfläche:** 38,55 $m^2$
**Startgewicht:** 544 kg
**Fluggeschwindigkeit:** 71 km/h
**Konstruktion:** Tannen- und Eschenholz
**Bespannung:** Baumwolle

4

5

6

(6)

**Flugzeugtyp:** Blériot XI (F)
**Hersteller:** Louis Blériot
**Motor:** luftgekühlter Anzani-3-Zylinder-Sternmotor mit 22 bis 25 PS
**Flügelspannweite:** 7,80 m
**Flugzeuglänge:** 8 m
**Flugzeughöhe:** 2,59 m
**Flügelfläche:** 13,93 $m^2$
**Startgewicht:** 300 kg
**Fluggeschwindigkeit:** 75 km/h
**Konstruktion:** Eschenholz, Bambus und Stahlrohre
**Bespannung:** gummiertes Gewebe

(7)

**Flugzeugtyp:** Demoiselle 20 (F)
**Hersteller:** Alberto Santos-Dumont
**Motor:** wassergekühlter 35-PS Duthell-Chalmers (Darracq)-Boxermotor
**Flügelspannweite:** 5,10 m
**Flugzeuglänge:** 8 m
**Flugzeughöhe:** 2,40 m
**Flügelfläche:** 10,20 $m^2$
**Startgewicht:** 143 kg

7

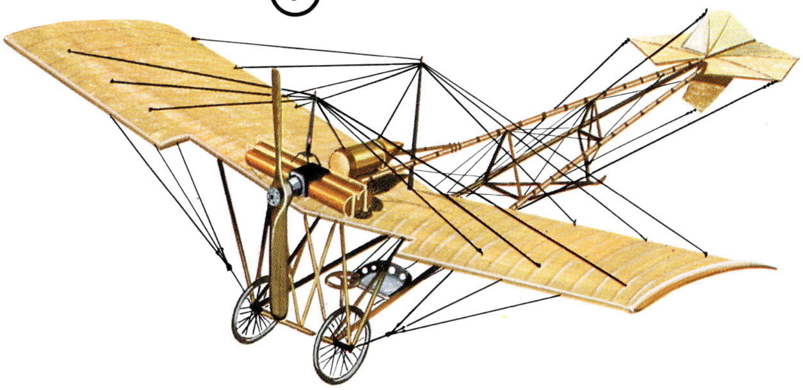

**Fluggeschwindigkeit:** 90 km/h
**Konstruktion:** Bambus und Stahlrohre
**Bespannung:** Seide

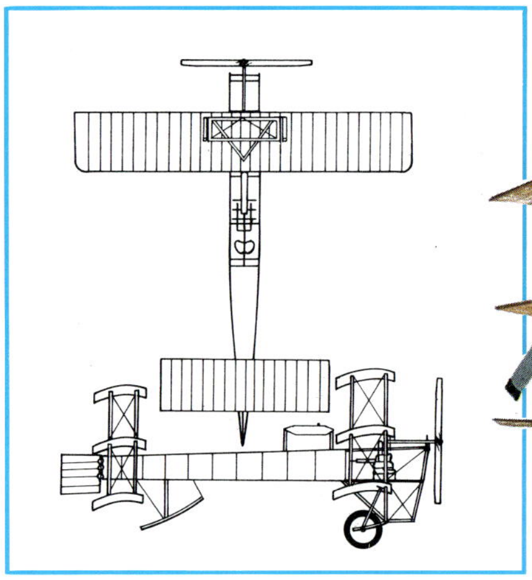

8

9

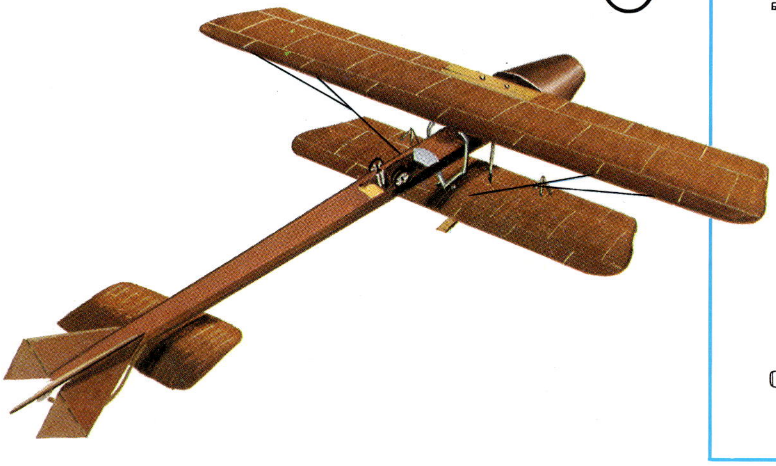
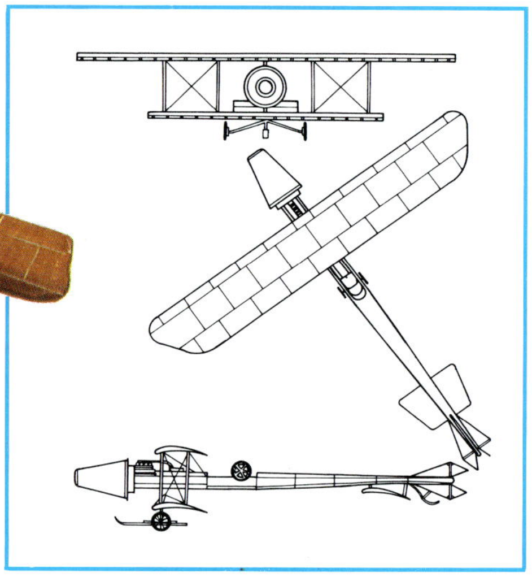

10

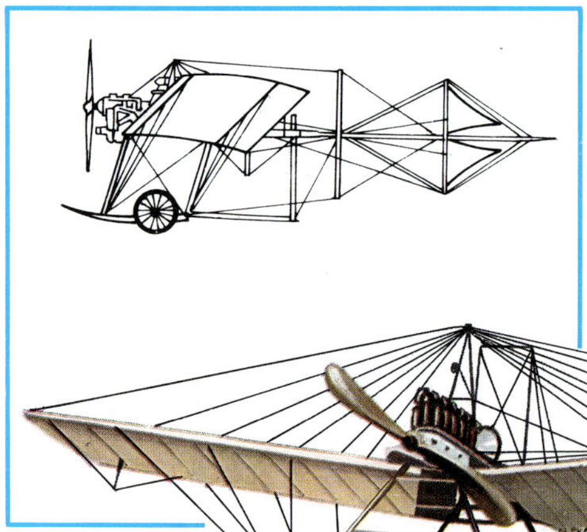

(8)

**Flugzeugtyp:** Roe Triplane I (GB)
**Hersteller:** A.V. Roe
**Motor:** luftgekühlter 20-PS J.A.P. 4-Zylinder-V-Motor
**Flügelspannweite:** 6,10 m
**Flugzeuglänge:** 7,01 m
**Flugzeughöhe:** 3,35 m
**Flügelfläche:** 20,21 $m^2$
**Leergewicht:** 136 kg
**Startgewicht:** 204 kg
**Fluggeschwindigkeit:** 40 km/h
**Konstruktion:** Kiefern-, Tannen- und Eschenholz, Stahlrohre
**Bespannung:** Baumwolle

(9)

**Flugzeugtyp:** Coanda (F)
**Hersteller:** Henri Coanda
**Motor:** wassergekühlter 50-PS Clerget 4-Zylinder-Reihenmotor
**Flügelspannweite:** 10,08 m
**Flugzeuglänge:** 12,70 m
**Flugzeughöhe:** 2,74 m

(11)

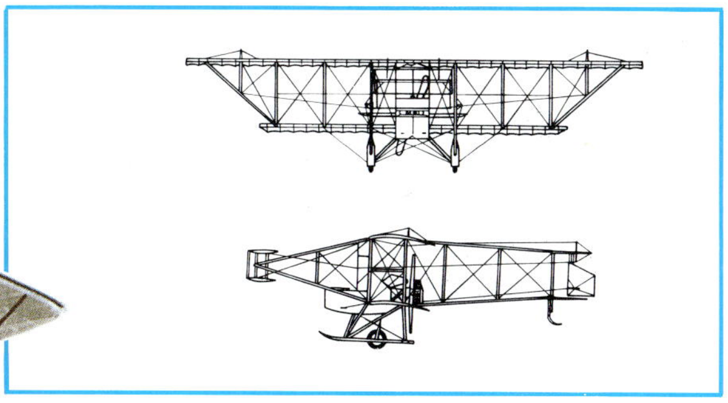

(12)

(13)

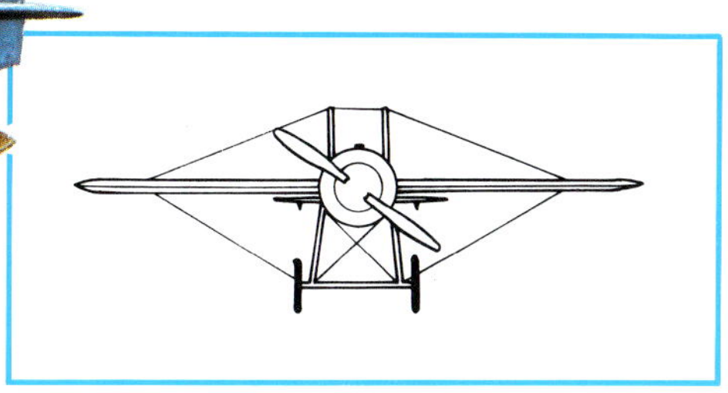

**Flügelfläche:** 32 m$^2$
**Startgewicht:** 420 kg
**Konstruktion:** Stahlrohre
**Bespannung:** Sperrholz

(10)

**Flugzeugtyp:** Fokker M.1 »Spinne« (NL, in Deutschland gebaut)
**Hersteller:** Anthony Fokker
**Motor:** wassergekühlter 50-PS Argus 4-Zylinder-Reihenmotor
**Flügelspannweite:** 11 m
**Flugzeuglänge:** 7,75 m
**Flugzeughöhe:** 3 m
**Flügelfläche:** 22 m$^2$
**Startgewicht:** 400 kg
**max. Fluggeschwindigkeit:** 90 km/h
**Konstruktion:** Bambus, Tannenholz, Stahlrohre
**Bespannung:** Baumwolle

(11)

**Flugzeugtyp:** Asteria N.3 (I)
**Hersteller:** Soc. Aeronautica Asteria
**Motor:** 50-PS 7-Zylinder-Gnôme-Umlaufmotor
**Flügelspannweite:** 15 m
**Flugzeuglänge:** 10,50 m
**Flügelfläche:** 48 m$^2$
**Konstruktion:** Holzstreben und Stahlrohre
**Bespannung:** Leinwand

(12)

**Flugzeugtyp:** Deperdussin Corsa (F)
**Hersteller:** Deperdussin Co.
**Motor:** 160-PS 14-Zylinder-Gnôme-Umlaufmotor
**Flügelspannweite:** 6,60 m
**Flugzeuglänge:** 6,10 m
**Flugzeughöhe:** 2,28 m
**Flügelfläche:** 9,66 m$^2$
**Startgewicht:** 612 kg
**Fluggeschwindigkeit:** 209 km/h
**Konstruktion:** Eschenholz
**Bespannung:** Sperrholz und Leinen

(13)

**Flugzeugtyp:** Deperdussin Wasser-Rennflugzeug (F)
**Hersteller:** Deperdussin Co.
**Motor:** 160-PS 14-Zylinder-Gnôme-Umlaufmotor
**Flügelspannweite:** 13,49 m
**Flugzeuglänge:** 9,98 m
**Leergewicht:** 950 kg
**Startgewicht:** 2100 kg
**Fluggeschwindigkeit:** 210 km/h
**Bespannung:** Sperrholz und Leinen
**Besatzung:** 2 Mann

(14)

(15)

(16)

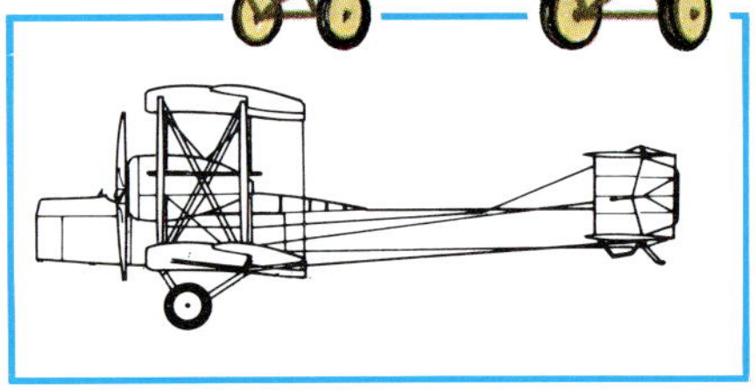

(17)

(14)

**Flugzeugtyp:** Lévy-Lepen Typ R (F)
**Hersteller:** Hydravions Georges Lévy
**Typ:** Verkehrsflugzeug
**Motor:** wassergekühlter 300-PS Renault-12--Zylinder-V-Motor
**Flügelspannweite:** 18,49 m
**Flugzeuglänge:** 12,39 m
**Flugzeughöhe:** 3,85 m
**Startgewicht:** 2450 kg
**Fluggeschwindigkeit:** 145 km/h
**Besatzung:** 1 Mann
**Nutzlast:** 2 Passagiere

(15)

**Flugzeugtyp:** Airco (De Havilland) D.H. 4A (GB)
**Hersteller:** Aircraft Manufacturing Co. Ltd.
**Typ:** Verkehrsflugzeug (umgebautes Militärflugzeug)
**Motor:** wassergekühlter 350-PS Rolls-Royce Eagle VIII 12- Zylinder-V-Motor
**Flügelspannweite:** 12,93 m
**Flugzeuglänge:** 9,29 m
**Flugzeughöhe:** 3,35 m
**Startgewicht:** 1685 kg
**max. Fluggeschwindigkeit:** 195 km/h
**Besatzung:** 1 Mann
**Nutzlast:** 2 Passagiere

(16)

**Flugzeugtyp:** Vickers F.B. 27 Vimy IV (GB)
**Hersteller:** Vickers Ltd.
**Typ:** Verkehrsflugzeug
**Motor:** 2 wassergekühlte 350-PS Rolls-Royce Eagle VIII 12-Zylinder-V-Motoren
**Flügelspannweite:** 20,47 m
**Flugzeuglänge:** 13,26 m
**Flugzeughöhe:** 4,65 m
**Startgewicht:** 6025 kg
**max. Fluggeschwindigkeit:** 161 km/h
**max. Flughöhe:** 3200 m
**Reichweite:** 3926 km
**Besatzung:** 2 Mann

(17)

**Flugzeugtyp:** Vickers F.B. 28 Vimy C. (GB)
**Hersteller:** Vickers Ltd.
**Typ:** Verkehrsflugzeug
**Motor:** 2 wassergekühlte 360-PS Rolls-Royce Eagle VIII 12-Zylinder-V-Motoren
**Flügelspannweite:** 20,47 m
**Flugzeuglänge:** 13,00 m
**Flugzeughöhe:** 4,65 m
**Startgewicht:** 5663 kg
**Fluggeschwindigkeit:** 135 km/h
**max. Flughöhe:** 3200 m
**Reichweite:** 3 km
**Besatzung:** 2 Mann
**Nutzlast:** 10 Passagiere

18

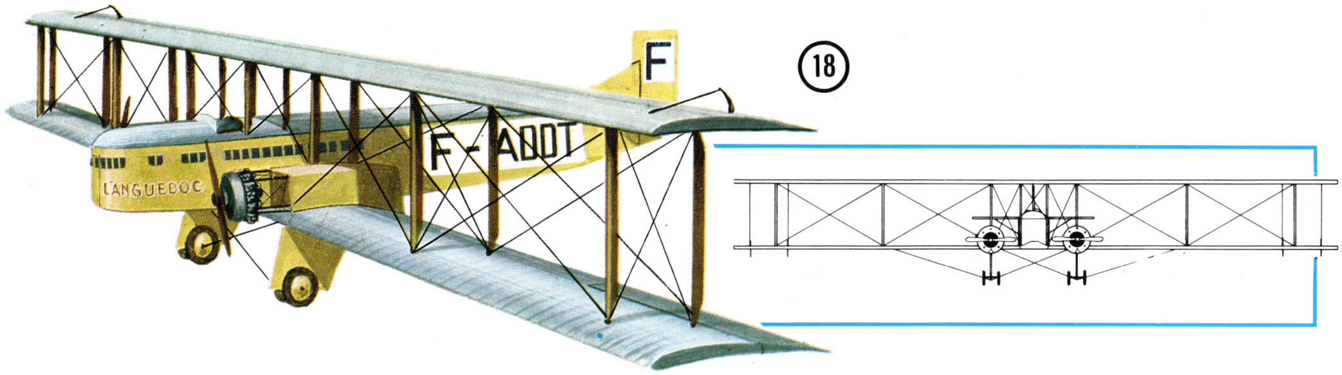


19

20

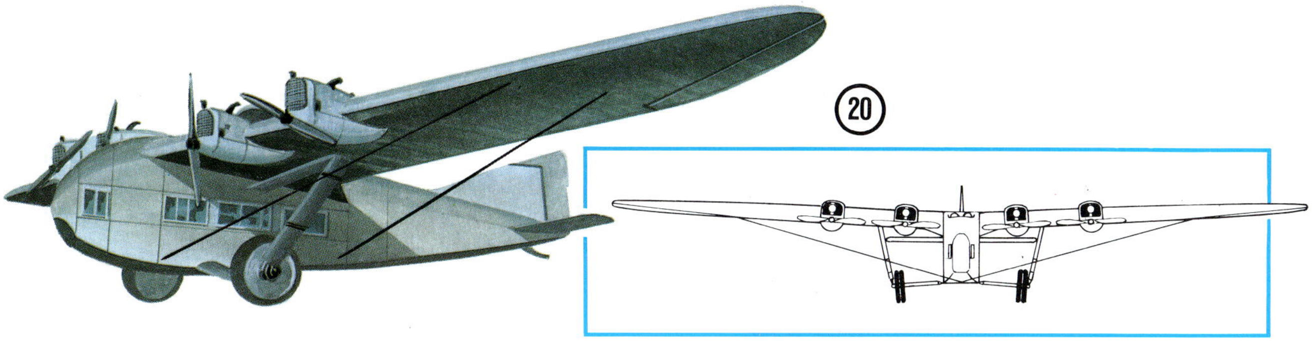

(18)

**Flugzeugtyp:** Farman F.60 Goliath (F)
**Hersteller:** Avions H. und N. Farman
**Typ:** Verkehrsflugzeug
**Motor:** zwei wassergekühlte 260-PS Salmson C.M.9 9-Zylinder-Umlaufmotoren
**Flügelspannweite:** 26,46 m
**Flugzeuglänge:** 14,33 m
**Startgewicht:** 4770 kg
**Fluggeschwindigkeit:** 120 km/h in 2000 m Höhe
**max. Flughöhe:** 4000 m
**Reichweite:** 400 km
**Besatzung:** 2 Mann
**Nutzlast:** 12 Passagiere

(19)

**Flugzeugtyp:** Junkers F.13 (D)
**Hersteller:** Junkers Flugzeuge und Motorenwerke A.G.
**Typ:** Verkehrsflugzeug
**Motor:** wassergekühlter Reihenmotor BMW IIIa 185, später Junkers L5 280/310 PS
**Flügelspannweite:** 14,82 m bzw. 17,75 m
**Flugzeuglänge:** 9,59 m bzw. 10,15 m
**Flugzeughöhe:** 3,14 m bzw. 4,50 m
**Startgewicht:** 1770 kg bzw. ca. 2300 kg
**Fluggeschwindigkeit:** ca. 170 km/h bzw. 205 km/h
**Dienstgipfelhöhe:** --- bzw. 4000 m
**Reichweite:** 560 km bzw. 790 km
**Besatzung:** 2 Mann bzw. 2 Mann
**Nutzlast:** 4 Passagiere

(20)

**Flugzeugtyp:** Zeppelin-Staaken E.4/20 (D)
**Hersteller:** Zeppelin-Werke GmbH
**Typ:** Verkehrsflugzeug
**Motor:** 4 wassergekühlte 245-PS Maybach Mb.IVa 6-Zylinder-Reihenmotoren
**Flügelspannweite:** 30,98 m
**Flugzeuglänge:** 16,49 m
**Startgewicht:** 8500 kg
**Fluggeschwindigkeit:** 225/200 km/h
**Reichweite:** 1200 km
**Besatzung:** 3 Mann
**Nutzlast:** 12-18 Passagiere

21

22

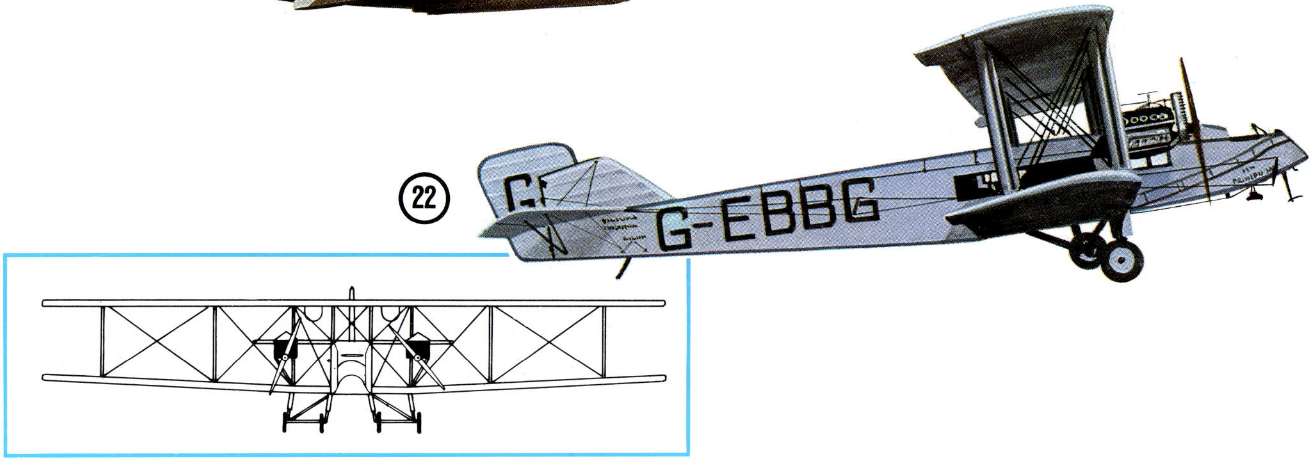

23

(21)

**Flugzeugtyp:** Caproni Ca.60 Transaereo (I)
**Hersteller:** Società Aviazione Ing. Caproni
**Typ:** Verkehrsflugzeug
**Motor:** 8 wassergekühlte 400-PS Liberty 12-Zylinder-V-Motoren
**Flügelspannweite:** 30 m
**Flugzeuglänge:** 23,45 m
**Flugzeughöhe:** 9,15 m
**Startgewicht:** 26 000 kg
**max. Fluggeschwindigkeit:** 130 km/h
**Reichweite:** 660 km
**Besatzung:** 8 Mann
**Nutzlast:** 70 Passagiere

(22)

**Flugzeugtyp:** Handley-Page W8b (GB)
**Konstrukteur:** Handley-Page Ltd.
**Typ:** Verkehrsflugzeug
**Motor:** 2 wassergekühlte 360-PS Rolls-Royce Eagle VIII 12-Zylinder-V-Motoren
**Flügelspannweite:** 22,86 m
**Flugzeuglänge:** 18,31 m
**Flugzeughöhe:** 5,18 m
**Startgewicht:** 5436 kg
**Fluggeschwindigkeit:** 145 km/h
**max. Flughöhe:** 3200 m
**Reichweite:** 644 km
**Besatzung:** 2 Mann
**Nutzlast:** 12 Passagiere

(23)

**Flugzeugtyp:** Caudron C.61 (F)
**Konstrukteur:** Avions Caudron
**Typ:** Verkehrsflugzeug
**Motor:** 3 wassergekühlte 180-PS Hispano-Suiza 8Ab 8-Zylinder-V-Motoren
**Flügelspannweite:** 24,13 m
**Flugzeuglänge:** 14,6 m
**Startgewicht:** 3475 kg
**Fluggeschwindigkeit:** 160 km/h
**max. Flughöhe:** 4000 m
**Reichweite:** 640 km
**Besatzung:** 2 Mann
**Nutzlast:** 8 Passagiere

(24)

**Flugzeugtyp:** Dornier Do.J Wal (I)
**Konstrukteur:** C.M.A.S.A. (Lizenz: Dornier)
**Typ:** Verkehrsflugzeug
**Motor:** 2 wassergekühlte 360-PS Rolls-Royce Eagle IX 12-Zylinder-V-Motoren
**Flügelspannweite:** 22,50 m
**Flugzeuglänge:** 17,25 m
**Flugzeughöhe:** 5,20 m
**Startgewicht:** 5700 kg
**Fluggeschwindigkeit:** 140 km/h
**max. Flughöhe:** 3500 m
**Reichweite:** 2200 km
**Besatzung:** 2 Mann
**Nutzlast:** 8-14 Passagiere

(25)

**Flugzeugtyp:** Dornier Do.L2 Delphin II (D)
**Konstrukteur:** Dornier Werke GmbH
**Typ:** Verkehrsflugzeug
**Motor:** wassergekühlter 300-PS BMW. IV 6-Zylinder-Reihenmotor
**Flügelspannweite:** 17,10 m
**Flugzeuglänge:** 11,99 m

24

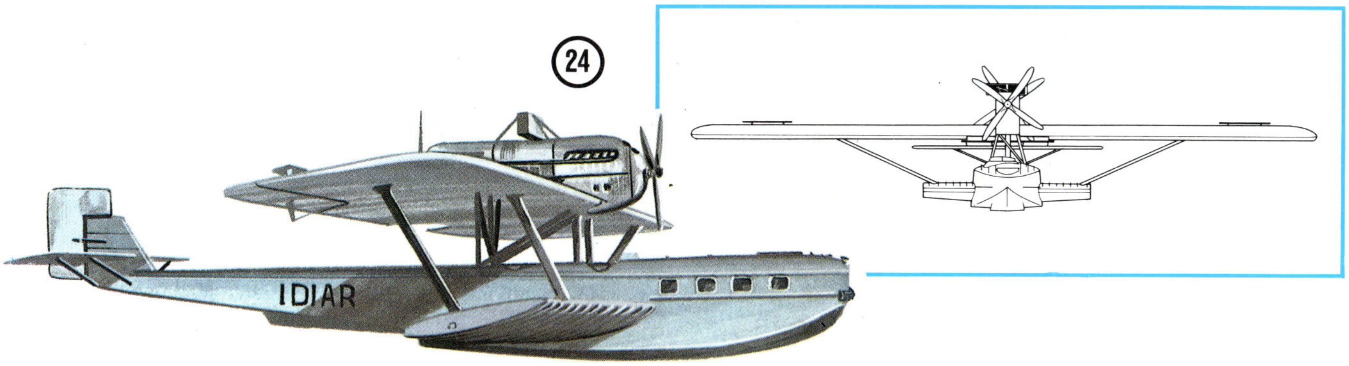


25

26

27

**Startgewicht:** 2525 kg
**Fluggeschwindigkeit:** 125 km/h
**max. Flughöhe:** 3000 m
**Besatzung:** 1 Mann
**Nutzlast:** 6-7 Passagiere

(26)

**Flugzeugtyp:** Army Curtiss R3C-2 (USA)
**Konstrukteur:** Curtiss Aeroplane and Motor Co.
**Typ:** Rennflugzeug
**Motor:** wassergekühlter 610-PS Curtiss V-1400 12-Zylinder-V-Motor
**Flügelspannweite:** 6,71 m
**Flugzeuglänge:** 6,15 m
**Startgewicht:** 1242 kg
**Fluggeschwindigkeit:** 426 km/h
**max. Flughöhe:** 8047 m
**Reichweite:** 402 km
**Besatzung:** 1 Mann

(27)

**Flugzeugtyp:** Armstrong Whitworth A.W. 155 Argosy I (GB)
**Konstrukteur:** Armstrong Whitworth Aircraft Ltd.
**Typ:** Verkehrsflugzeug
**Motor:** 3 luftgekühlte 385-PS Armstrong Siddeley Jaguar III-14-Zylinder-Sternmotoren
**Flügelspannweite:** 27,43 m
**Flugzeuglänge:** 19,66 m
**Flugzeughöhe:** 5,79 m
**Startgewicht:** 8154 kg
**Fluggeschwindigkeit:** 145 km/h
**Reichweite:** 650 km
**Besatzung:** 2 Mann
**Nutzlast:** 20 Passagiere

28

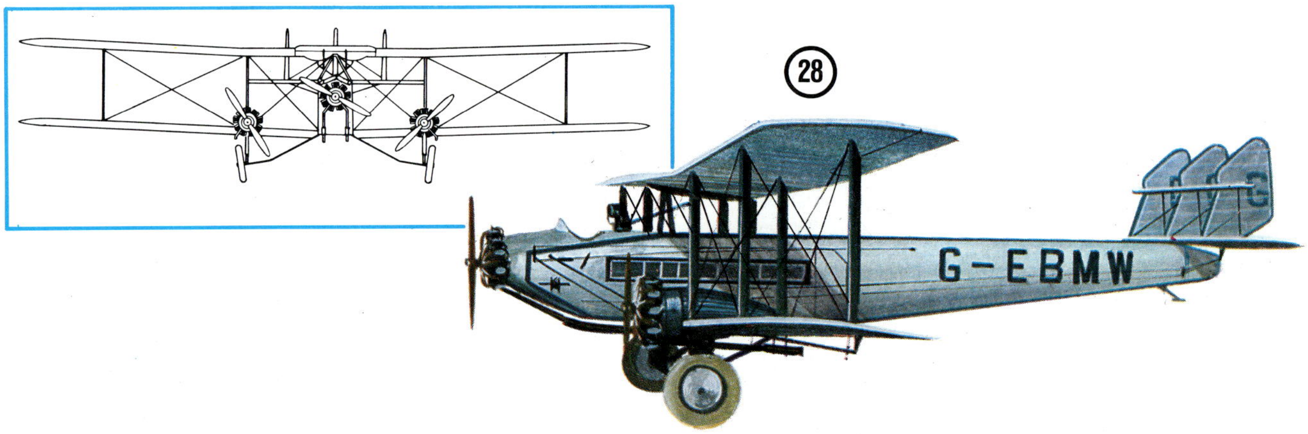

29

30

(28)

**Flugzeugtyp:** de Havilland D.H. 66 Hercules (GB)
**Konstrukteur:** de Havilland Aircraft Co. Ltd.
**Typ:** Verkehrsflugzeug
**Motor:** 3 luftgekühlte 420-PS Bristol Jupiter VI 9-Zylinder-Sternmotoren
**Flügelspannweite:** 24,23 m
**Flugzeuglänge:** 16,91 m
**Flugzeughöhe:** 5,56 m
**Startgewicht:** 7067 kg
**Fluggeschwindigkeit:** 177 km/h
**max. Flughöhe:** 3960 m
**Besatzung:** 3 Mann
**Nutzlast:** 7 Passagiere

(29)

**Flugzeugtyp:** Cant 6 ter (I)
**Konstrukteur:** Cantieri Navali Triestini
**Typ:** Verkehrsflugzeug
**Motor:** 3 wassergekühlte 400-PS Isotta-Fraschini 12-Zylinder-V-Motoren
**Flügelspannweite:** 23,20 m
**Flugzeuglänge:** 14,94 m
**Startgewicht:** 7000 kg
**Fluggeschwindigkeit:** 195 km/h
**Besatzung:** 2 Mann
**Nutzlast:** 11 Passagiere

(30)

**Flugzeugtyp:** Macchi M.39 (I)
**Konstrukteur:** Aeronautica Macchi
**Typ:** Rennflugzeug
**Motor:** wassergekühlter 800-PS Fiat A.S.2 12-Zylinder-V-Motor
**Flügelspannweite:** 9,26 m
**Flugzeuglänge:** 6,73 m
**Startgewicht:** 1575 kg
**max. Fluggeschwindigkeit:** 416 km/h
**Besatzung:** 1 Mann

(31)

**Flugzeugtyp:** Vickers Victoria V (GB)
**Konstrukteur:** Vickers Ltd.
**Typ:** Militärtransporter
**Motor:** 2 wassergekühlte 570-PS Napier Lion Xlm 12-Zylinder-V-Motoren
**Flügelspannweite:** 26,62 m
**Flugzeuglänge:** 18,13 m
**Flugzeughöhe:** 5,41 m
**Startgewicht:** 8045 kg
**Fluggeschwindigkeit:** 177 km/h
**max. Flughöhe:** 4900 m
**Reichweite:** 1240 km
**Besatzung:** 2 Mann
**Nutzlast:** 22 Passagiere

(32)

**Flugzeugtyp:** Ford 4.AT Trimotor (USA)
**Konstrukteur:** Ford Motor Co.
**Typ:** Verkehrsflugzeug
**Motor:** 3 luftgekühlte 300-PS Wright J-6 Whirlwind 9-Zylinder-Sternmotoren
**Flügelspannweite:** 22,56 m
**Flugzeuglänge:** 15,19 m
**Flugzeughöhe:** 3,58 m
**Startgewicht:** 4598 kg
**Fluggeschwindigkeit:** 172 km/h
**max. Flughöhe:** 5030 m
**Reichweite:** 917 km
**Besatzung:** 2 Mann
**Nutzlast:** 11-14 Passagiere

31

32

33

34

33

**Flugzeugtyp:** Focke Wulf A.17a (D)
**Konstrukteur:** Focke Wulf Flugzeugbau GmbH
**Typ:** Verkehrsflugzeug
**Motor:** luftgekühlter 480-PS Siemens Jupiter VI 9-Zylinder-Sternmotor
**Flügelspannweite:** 19,99 m
**Flugzeuglänge:** 12,95 m
**Flugzeughöhe:** 3,99 m
**Startgewicht:** 3610 kg
**Fluggeschwindigkeit:** 150 km/h
**max. Flughöhe:** 4350 m
**Reichweite:** 700 km
**Besatzung:** 2 Mann
**Nutzlast:** 8 Passagiere

34

**Flugzeugtyp:** Boeing 40-A (USA)
**Konstrukteur:** Boeing Aircraft Co.
**Typ:** Verkehrsflugzeug
**Motor:** luftgekühlter 480-PS Pratt & Whitney Wasp 9- Zylinder-Sternmotor
**Flügelspannweite:** 13,46 m
**Flugzeuglänge:** 10,10 m
**Flugzeughöhe:** 3,73 m
**Startgewicht:** 2718 kg
**Fluggeschwindigkeit:** 169 km/h
**max. Flughöhe:** 4420 m
**Reichweite:** 1046 km
**Besatzung:** 1 Mann
**Nutzlast:** 2 Passagiere; 544 kg Post

(35)

(36)

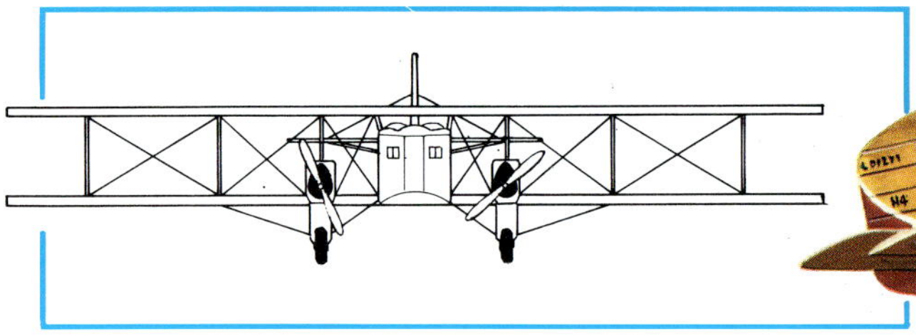

(37)

(38)

(35)

**Flugzeugtyp:** Farman F.180 (F)
**Konstrukteur:** Avions H. & M. Farman
**Typ:** Verkehrsflugzeug
**Motor:** 2 wassergekühlte 500-PS Farman 12 We 12-Zylinder-V-Motoren
**Flügelspannweite:** 25,99 m
**Flugzeuglänge:** 17,98 m
**Startgewicht:** 7990 kg
**Fluggeschwindigkeit:** 170 km/h
**max. Flughöhe:** 4000 m
**Reichweite:** 1000 km
**Besatzung:** 2 Mann
**Nutzlast:** 24 Passagiere

(36)

**Flugzeugtyp:** Lioré et Olivier 213 (F)
**Konstrukteur:** Etablissements Lioré & Olivier
**Typ:** Verkehrsflugzeug
**Motor:** 2 wassergekühlte 450-PS Renault 12Ja 12-Zylinder-V-Motoren
**Flügelspannweite:** 23,43 m
**Flugzeuglänge:** 15,95 m
**Flugzeughöhe:** 4,30 m
**Startgewicht:** 5692 kg
**Fluggeschwindigkeit:** 175 km/h in 1000 m Höhe
**max. Flughöhe:** 4500 m
**Reichweite:** 560 km
**Besatzung:** 2-3 Mann
**Nutzlast:** 12 Passagiere

(37)

**Flugzeugtyp:** Short S.8 Calcutta (GB)
**Konstrukteur:** Short Bros.
**Typ:** Verkehrsflugzeug
**Motor:** 3 luftgekühlte 540-PS Bristol Jupiter XIF 9-Zylinder-Sternmotoren
**Flügelspannweite:** 28,34 m

39

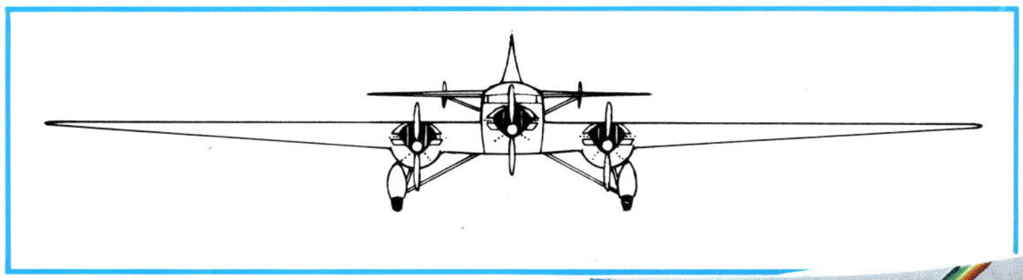

40

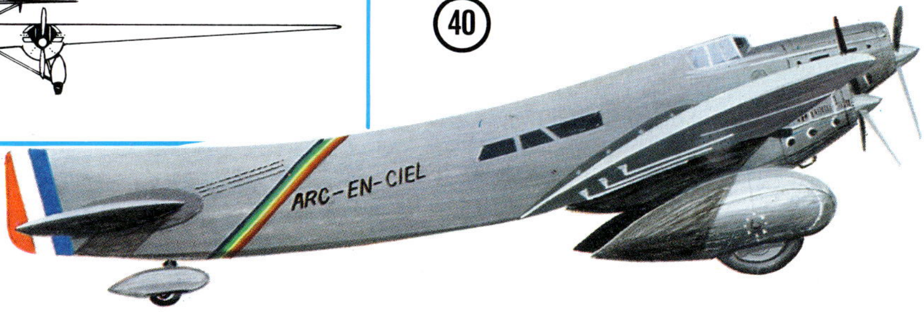


41

**Flugzeuglänge:** 20,34 m
**Flugzeughöhe:** 7,24 m
**Startgewicht:** 10 190 kg
**Fluggeschwindigkeit:** 156 km/h
**max. Flughöhe:** 4100 m
**Reichweite:** 1050 km
**Besatzung:** 3 Mann
**Nutzlast:** 15 Passagiere

(38)

**Flugzeugtyp:** SIAI Marchetti S.M.64 (I)
**Konstrukteur:** SIAI Marchetti
**Typ:** Wettbewerbsflugzeug
**Motor:** wassergekühlter 590-PS Fiat A 22T 12-Zylinder-V-Motor
**Flügelspannweite:** 21,49 m
**Flugzeuglänge:** 8,99 m
**Flugzeughöhe:** 3,68 m
**Startgewicht:** 7000 kg
**Fluggeschwindigkeit:** 235 km/h
**Reichweite:** 11 505 km
**Besatzung:** 2-3 Mann

(39)

**Flugzeugtyp:** Boeing 80-A (USA)
**Konstrukteur:** Boeing Airplane Co.
**Typ:** Verkehrsflugzeug
**Motor:** 2 luftgekühlte 525-PS Pratt & Whitney Hornet 9-Zylinder-Sternmotoren
**Flügelspannweite:** 24,38 m
**Flugzeuglänge:** 17,22 m
**Flugzeughöhe:** 4,65 m
**Startgewicht:** 7928 kg
**Fluggeschwindigkeit:** 201 km/h
**max. Flughöhe:** 4270 m
**Reichweite:** 740 km
**Besatzung:** 2-3 Mann
**Nutzlast:** 18 Passagiere

(40)

**Flugzeugtyp:** Couzinet 71 Arc-en-ciel (F)
**Konstrukteur:** Société des Avions René Couzinet
**Typ:** Verkehrsflugzeug
**Motor:** 2 wassergekühlte 650-PS Hispano-Suiza 12NB 12-Zylinder-V-Motoren
**Flügelspannweite:** 30 m
**Flugzeuglänge:** 16,15 m
**Startgewicht:** 16 790 kg
**Fluggeschwindigkeit:** 236 km/h
**Reichweite:** 6800 km
**Besatzung:** 4 Mann
**Nutzlast:** 600 kg

(41)

**Flugzeugtyp:** Ro VIIIb »Roland II« (D)
**Konstrukteur:** Rohrbach-Metall-Flugzeugbau GmbH
**Typ:** Verkehrsflugzeug
**Motor:** 3 wassergekühlte 360-PS Junkers L.5 6-Zylinder-Reihenmotoren
**Flügelspannweite:** 26,30 m
**Flugzeuglänge:** 16,40 m
**Startgewicht:** 7600 kg
**Fluggeschwindigkeit:** 200 km/h
**max. Flughöhe:** 4600 m
**Reichweite:** 1400 km
**Besatzung:** 2 Mann
**Nutzlast:** 10 Passagiere

42

43

44

45

42

**Flugzeugtyp:** Dornier Do.X (D)
**Konstrukteur:** Dornier Werke GmbH
**Typ:** Verkehrsflugzeug
**Motor:** 12 wassergekühlte 600-PS Curtiss Conquerors 12-Zylinder-V-Motoren
**Flügelspannweite:** 48,00 m
**Flugzeuglänge:** 40,90 m
**Flugzeughöhe:** 10,10 m
**Startgewicht:** 48 000 kg
**Fluggeschwindigkeit:** 175 km/h
**max. Flughöhe:** 3200 m
**Reichweite:** 1700 km
**Besatzung:** 10 Mann
**Nutzlast:** 72 Passagiere

43

**Flugzeugtyp:** Farman F.300 (F)
**Konstrukteur:** Avions H. & M. Farman
**Typ:** Verkehrsflugzeug
**Motor:** 3 luftgekühlte 230-PS Salmson 9Ab 9-Zylinder-Sternmotoren
**Flügelspannweite:** 19,08 m
**Flugzeuglänge:** 13,35 m
**Flugzeughöhe:** 3,50 m
**Startgewicht:** 4530 kg
**Fluggeschwindigkeit:** 190 km/h in 2000 m Höhe
**max. Flughöhe:** 4500 m
**Reichweite:** 850 kg
**Besatzung:** 2 Mann
**Nutzlast:** 8 Passagiere

44

**Flugzeugtyp:** Junkers G.38 (D)
**Konstrukteur:** Junkers Flugzeuge und Motorenwerke A.G.
**Typ:** Verkehrsflugzeug
**Motor:** 4 Schwerölmotoren 750 PS Junkers Jumo IV Gegenkolben-Dieselmotoren

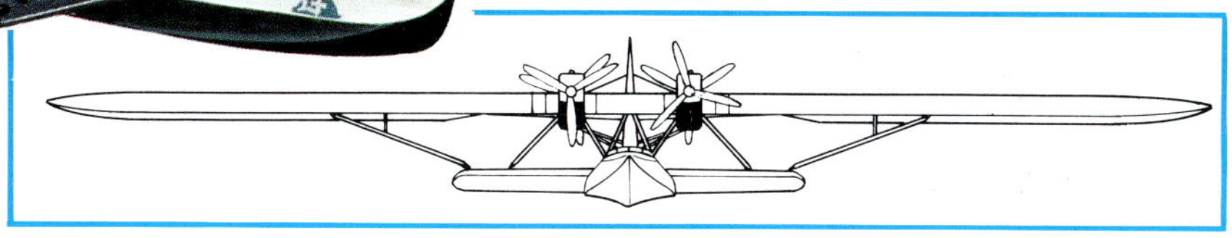

(46)

(47)

(48)

**Flügelspannweite:** 44,00 m
**Flugzeuglänge:** 23,20 m
**Flugzeughöhe:** 7,20 m
**Startgewicht:** 21 240 kg
**Fluggeschwindigkeit:** 180 km/h
**max. Flughöhe:** 3700 m
**Reichweite:** 3500 km
**Besatzung:** 7 Mann
**Nutzlast:** 34 Passagiere

(45)

**Flugzeugtyp:** Blériot 125 (F)
**Konstrukteur:** Blériot Aéronautique
**Typ:** Verkehrsflugzeug
**Motor:** 2 wassergekühlte 500-PS Hispano-Suiza 12Hbr 12-Zylinder-Motoren
**Flügelspannweite:** 29,40 m
**Flugzeuglänge:** 13,80 m
**Flugzeughöhe:** 4,00 m
**Startgewicht:** 7140 kg
**Fluggeschwindigkeit:** 180 km/h
**max. Flughöhe:** 4500 m
**Reichweite:** 800 km
**Besatzung:** 3 Mann
**Nutzlast:** 1920 kg (12 Passagiere)

(46)

**Flugzeugtyp:** Latécoère 300 (F)
**Konstrukteur:** Forges et Ateliers de Construction Latécoère
**Typ:** Verkehrsflugzeug
**Motor:** 4 wassergekühlte 650-PS Hispano-Suiza 12Nbr 12-Zylinder-V-Motoren
**Flügelspannweite:** 44,19 m
**Flugzeuglänge:** 26,18 m
**Startgewicht:** 23 000 kg
**Fluggeschwindigkeit:** 160 km/h
**max. Flughöhe:** 4600 m
**Reichweite:** 4800 km
**Besatzung:** 4 Mann
**Nutzlast:** 1000 kg

(47)

**Flugzeugtyp:** Handley-Page H.P. 42 E (GB)
**Konstrukteur:** Handley-Page Ltd.
**Typ:** Verkehrsflugzeug
**Motor:** 4 luftgekühlte 550-PS Bristol Jupiter XIF 9-Zylinder-Sternmotoren
**Flügelspannweite:** 39,62 m
**Flugzeuglänge:** 27,36 m
**Flugzeughöhe:** 8,23 m
**Startgewicht:** 12 701 kg
**Fluggeschwindigkeit:** 161 km/h
**Besatzung:** 2 Mann
**Nutzlast:** 24 Passagiere

(48)

**Flugzeugtyp:** Armstrong Whitworth A.W.15 Atalanta (GB)
**Konstrukteur:** W.G. Armstrong Whitworth Ltd.
**Typ:** Verkehrsflugzeug
**Motor:** 4 luftgekühlte 340-PS Armstrong Siddeley Serval III 10-Zylinder-Sternmotoren
**Flügelspannweite:** 27,43 m
**Flugzeuglänge:** 21,79 m
**Flugzeughöhe:** 4,57 m
**Startgewicht:** 9513 kg
**Fluggeschwindigkeit:** 209 km/h
**max. Flughöhe:** 2135 m
**Reichweite:** 645 km
**Besatzung:** 3 Mann
**Nutzlast:** 17 Passagiere

(49)

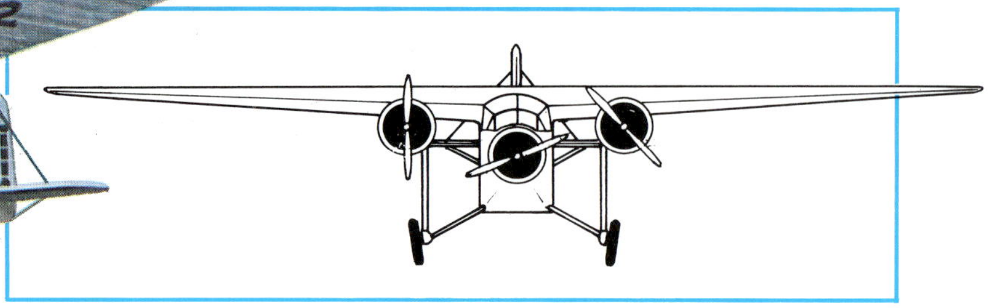

(50)

(51)

(49)

**Flugzeugtyp:** SIAI Marchetti S.M. 71 (I)
**Konstrukteur:** SIAI Marchetti
**Typ:** Verkehrsflugzeug
**Motor:** 3 luftgekühlte 370-PS Piaggio Stella VII 7-Zylinder-Sternmotoren
**Flügelspannweite:** 21,20 m
**Flugzeuglänge:** 14,00 m
**Startgewicht:** 5060 kg
**Fluggeschwindigkeit:** 229 km/h
**max. Flughöhe:** 5900 m
**Reichweite:** 1200 km
**Besatzung:** 3 Mann
**Nutzlast:** 8-10 Passagiere

(50)

**Flugzeugtyp:** Macchi-Castoldi MC.72 (I)
**Konstrukteur:** Aeronautica Macchi
**Typ:** Wettkampfflugzeug
**Motor:** wassergekühlter 3000-PS Fiat A.S.6. 24-Zylinder-V-Motor
**Flügelspannweite:** 9,48 m
**Flugzeuglänge:** 8,33 m
**Flugzeughöhe:** 3,30 m
**Leergewicht:** 2500 kg
**Startgewicht:** 2907 kg
**Fluggeschwindigkeit:** **711 km/h**
**Besatzung:** 1 Mann

(51)

**Flugzeugtyp:** Boeing 247 (USA)
**Konstrukteur:** Boeing Airplane Co.
**Typ:** Verkehrsflugzeug
**Motor:** 2 luftgekühlte 550-PS Pratt & Whitney Wasp 9-Zylinder-Sternmotoren
**Flügelspannweite:** 22,54 m
**Flugzeuglänge:** 15,65 m
**Flugzeughöhe:** 4,88 m
**Startgewicht:** 5940 kg
**Fluggeschwindigkeit:** 249 km/h
**max. Flughöhe:** 5330 m
**Reichweite:** 780 km
**Besatzung:** 2-3 Mann
**Nutzlast:** 10 Passagiere

(52)

**Flugzeugtyp:** Wibault 283 T (F)
**Konstrukteur:** Chantiers Aéronautiques Wibault
**Typ:** Verkehrsflugzeug
**Motor:** 3 luftgekühlte 350-PS Gnôme-Rhône Titan Major 7kd 7-Zylinder-Sternmotoren
**Flügelspannweite:** 22,61 m
**Flugzeuglänge:** 16,99 m
**Startgewicht:** 6342 kg
**Fluggeschwindigkeit:** 200 km/h
**max. Flughöhe:** 5200 m
**Reichweite:** 1050 km
**Besatzung:** 2 Mann
**Nutzlast:** 10 Passagiere

(53)

**Flugzeugtyp:** Blériot 5190 Santos-Dumont (F)
**Konstrukteur:** Blériot Aéronautique
**Typ:** Verkehrsflugzeug
**Motor:** 4 wassergekühlte 650-PS Hispano-Suiza 12Nbr 12-Zylinder-V-Motoren

52

53

54

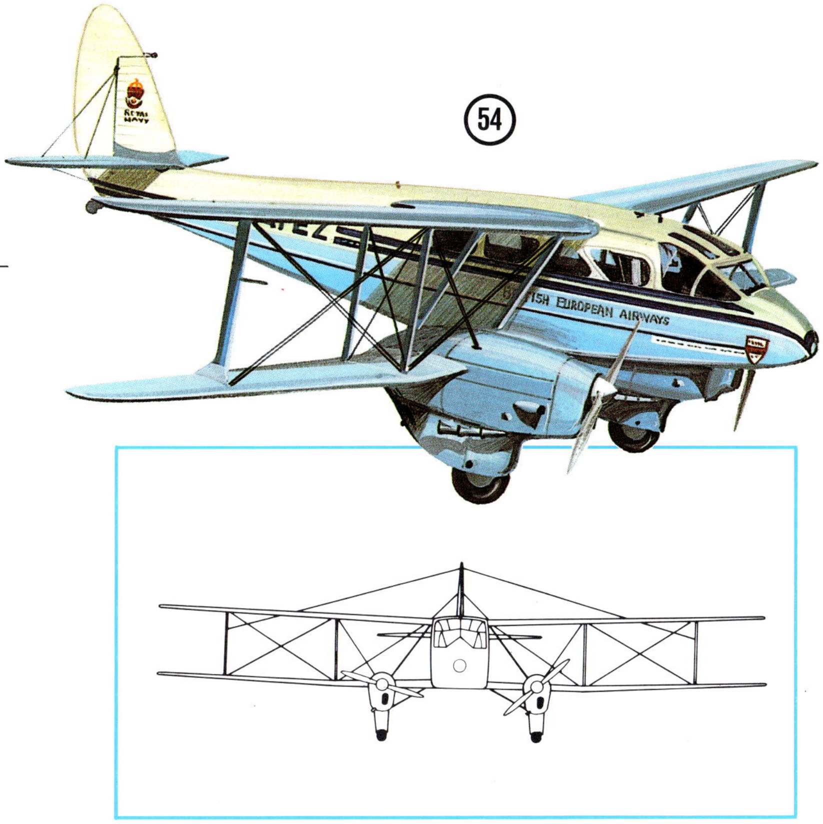


**Flügelspannweite:** 43,00 m
**Flugzeuglänge:** 26,00 m
**Startgewicht:** 22 000 kg
**Fluggeschwindigkeit:** 190 km/h
**Reichweite:** 3200 km
**Besatzung:** 8 Mann
**Nutzlast:** 600 kg

(54)

**Flugzeugtyp:** de Havilland D.H.89 Dragon Rapide (GB)
**Konstrukteur:** de Havilland Aircraft Ltd.
**Typ:** Verkehrsflugzeug
**Motor:** 2 luftgekühlte 200-PS de Havilland Gipsy Six I 6-Zylinder-Reihenmotoren
**Flügelspannweite:** 14,63 m
**Flugzeuglänge:** 10,52 m
**Flugzeughöhe:** 3,12 m
**Startgewicht:** 2495 kg
**Fluggeschwindigkeit:** 214 km/h
**max. Flughöhe:** 5090 m
**Reichweite:** 930 km
**Besatzung:** 1 Mann
**Nutzlast:** 6-8 Passagiere

55

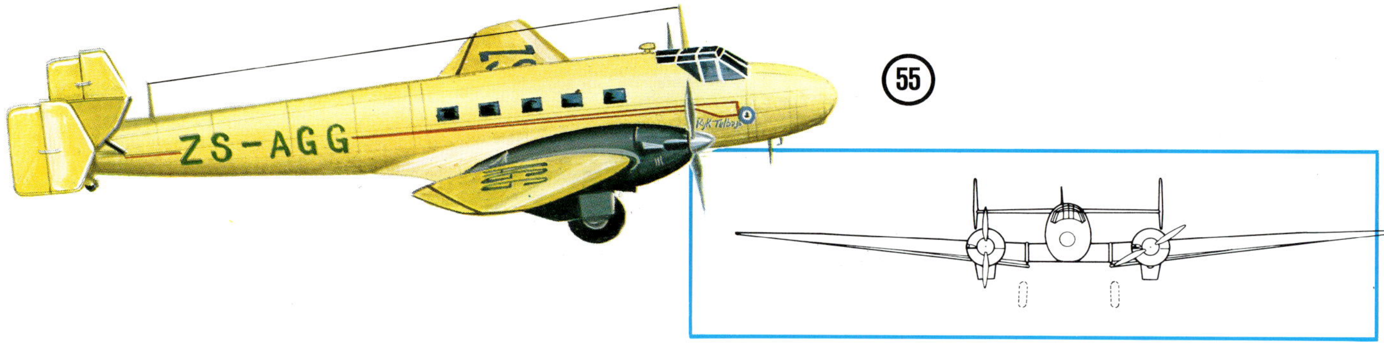


56

57

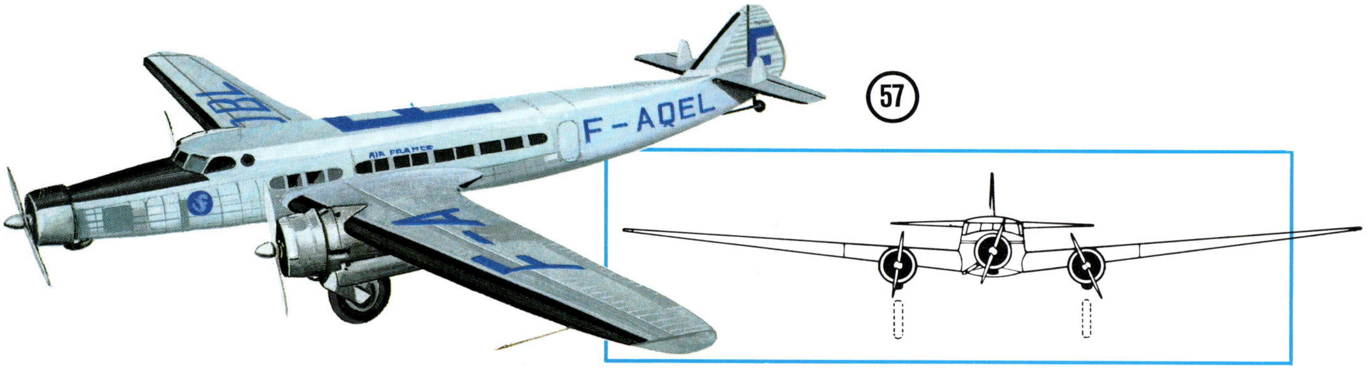


(55)

**Flugzeugtyp:** Junkers Ju.86 (D)
**Konstrukteur:** Junkers Flugzeuge und Motorenwerke A.G.
**Typ:** Verkehrsflugzeug
**Motor:** 2 wassergekühlte Schwerölmotoren Jumo 205 C 600 PS Gegenkolben-Dieselmotoren
**Spannweite:** 22,50 m
**Flugzeuglänge:** 17,60 m
**Flugzeughöhe:** 4,80 m
**Startgewicht:** 8000 kg
**Fluggeschwindigkeit:** 280 km/h
**Dienstgipfelhöhe:** 6300 m
**Reichweite:** 2500 km
**Besatzung:** 2 Mann
**Nutzlast:** 6-7 Passagiere

(56)

**Flugzeugtyp:** SIAI Marchetti S.M.73 (I)
**Konstrukteur:** SIAI Marchetti
**Typ:** Verkehrsflugzeug
**Motor:** 3 luftgekühlte 750-PS Alfa Romeo 126 RC 34 9-Zylinder-Sternmotoren
**Flügelspannweite:** 24,00 m
**Flugzeuglänge:** 17,45 m
**Flugzeughöhe:** 4,45 m
**Startgewicht:** 10 430 kg
**Fluggeschwindigkeit:** 280 km/h
**max. Flughöhe:** 7400 m
**Reichweite:** 1600 km
**Besatzung:** 4-5 Mann
**Nutzlast:** 18 Passagiere

(57)

**Flugzeugtyp:** Dewoitine D.338 (F)
**Konstrukteur:** Société Aéronautique Française
**Typ:** Verkehrsflugzeug
**Motor:** 3 luftgekühlte 650-PS Hispano-Suiza 9V 16/17 9-Zylinder-Sternmotoren
**Flügelspannweite:** 29,35 m
**Flugzeuglänge:** 22,13 m
**Startgewicht:** 11 150 kg
**Fluggeschwindigkeit:** 260 km/h
**max. Flughöhe:** 4900 m
**Reichweite:** 1950 km
**Besatzung:** 3 Mann
**Nutzlast:** 22 Passagiere

(58)

**Flugzeugtyp:** Latécoère 521 (F)
**Konstrukteur:** Forges et Ateliers de Construction Latécoère
**Typ:** Verkehrsflugzeug
**Motor:** 6 wassergekühlte 860-PS Hispano-Suiza 12Ybrs 12-Zylinder-V-Motoren
**Flügelspannweite:** 49,31 m
**Flugzeuglänge:** 31,62 m
**Flugzeughöhe:** 9,07 m
**Startgewicht:** 37 933 kg
**Fluggeschwindigkeit:** 210 km/h
**max. Flughöhe:** 6300 m
**Reichweite:** 4100 km
**Besatzung:** 8 Mann
**Nutzlast:** 30-70 Passagiere

(59)

**Flugzeugtyp:** Lockheed 10/A Electra (USA)
**Konstrukteur:** Lockheed Aircraft Co.
**Typ:** Verkehrsflugzeug
**Motor:** 2 luftgekühlte 420-PS Pratt & Whitney Wasp Jr. 9-Zylinder-Sternmotoren

58

59

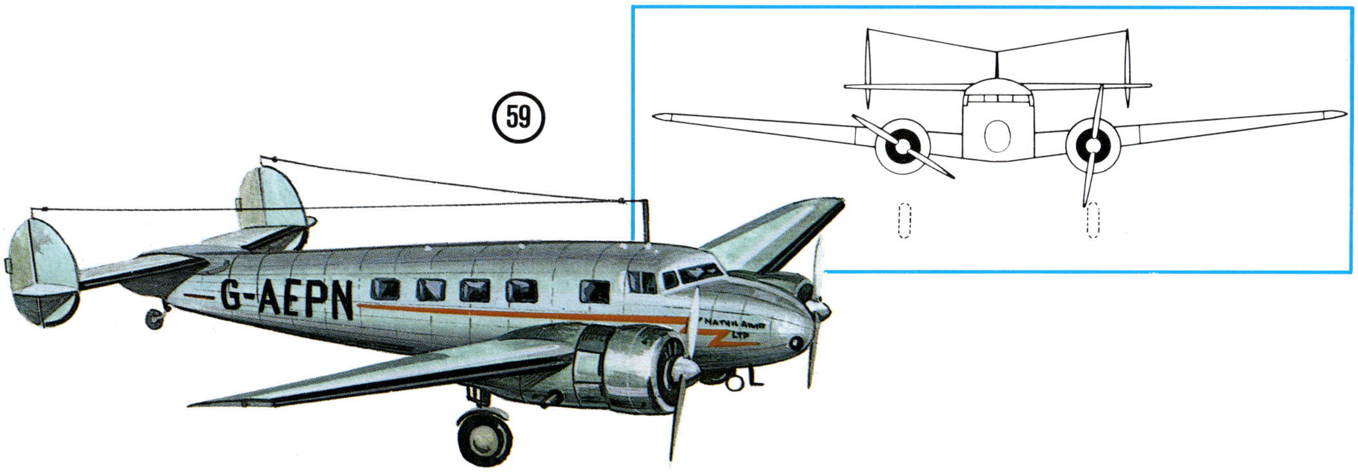


**Flügelspannweite:** 16,76 m
**Flugzeuglänge:** 11,76 m
**Flugzeughöhe:** 3,05 m
**Startgewicht:** 4763 kg
**Fluggeschwindigkeit:** 327 km/h
**max. Flughöhe:** 6100 m
**Reichweite:** 1207 km
**Besatzung:** 2 Mann
**Nutzlast:** 12 Passagiere

60

**Flugzeugtyp:** Douglas DC.3 (USA)
**Konstrukteur:** Douglas Aircraft Co.
**Typ:** Verkehrsflugzeug
**Motor:** 2 luftgekühlte 1200-PS Pratt & Whitney 9-Zylinder-Sternmotoren
**Flügelspannweite:** 28,96 m
**Flugzeuglänge:** 19,65 m
**Flugzeughöhe:** 5,15 m
**Startgewicht:** 11 415 kg
**Fluggeschwindigkeit:** 290 km/h
**max. Flughöhe:** 3048 m
**Reichweite:** 2091 km
**Besatzung:** 2 Mann
**Nutzlast:** 14-32 Passagiere

60

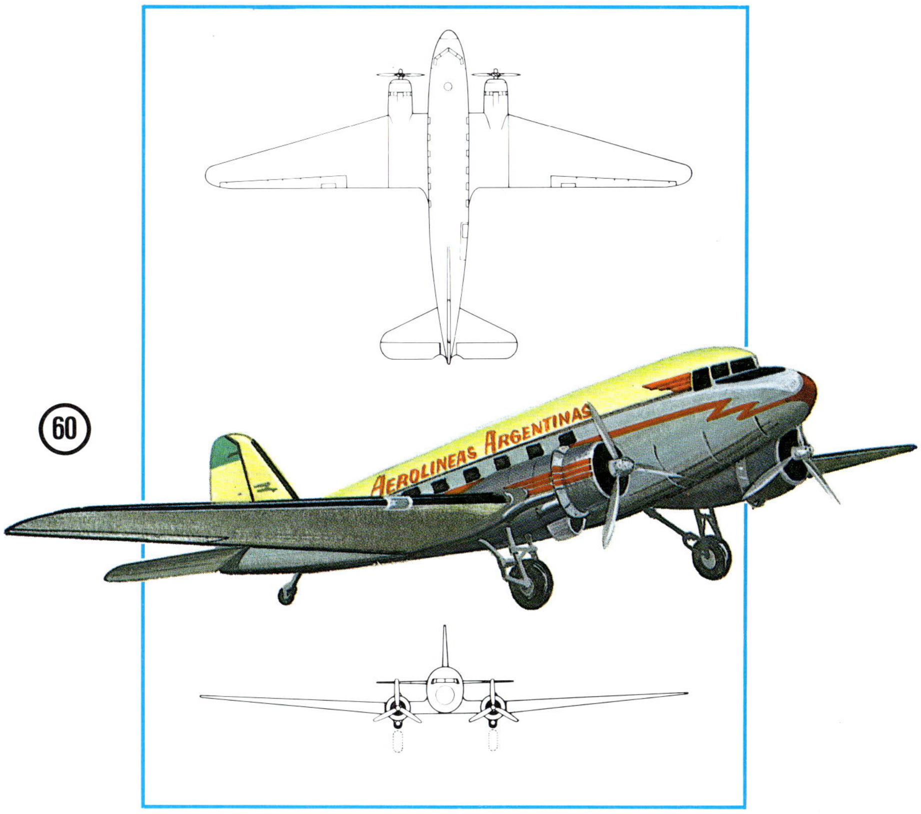

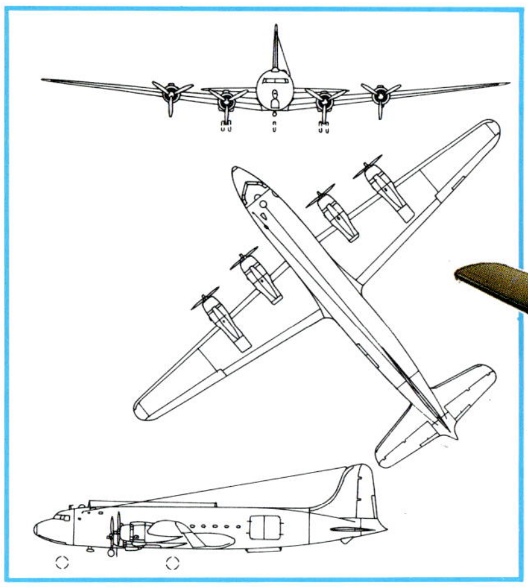

61

62

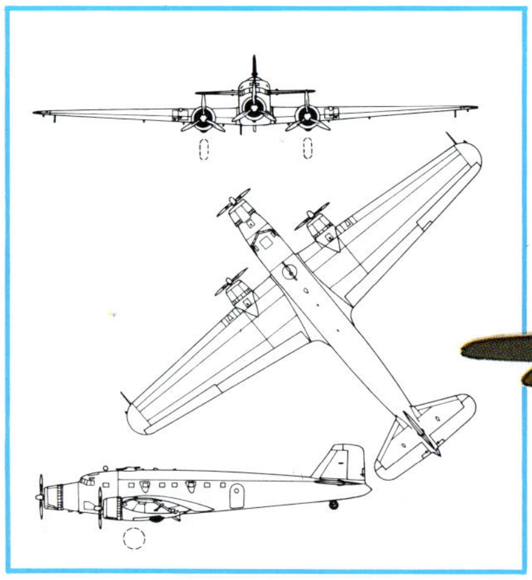

63

(61)

**Flugzeugtyp:** Douglas C-45C Skymaster (USA)
**Konstrukteur:** Douglas Aircraft Co.
**Typ:** Verkehrsflugzeug
**Motor:** 4 luftgekühlte 1290-PS Pratt & Whitney R-2000–7 Twin Wasp 14-Zylinder-Sternmotoren
**Flügelspannweite:** 35,81 m
**Flugzeuglänge:** 28,60 m
**Flugzeughöhe:** 8,38 m
**Startgewicht:** 28 125 kg
**Fluggeschwindigkeit:** 426 km/h
**max. Flughöhe:** 6700 m
**Reichweite:** 6275 km
**Besatzung:** 4 Mann
**Nutzlast:** 50 Passagiere

(62)

**Flugzeugtyp:** Avro York Mk.I (GB)
**Konstrukteur:** A.V. Roe & Co. Ltd.
**Typ:** Verkehrsflugzeug
**Motor:** 4 wassergekühlte 1280-PS Rolls-Royce Merlin XX 12-Zylinder-V-Motoren
**Flügelspannweite:** 31,09 m
**Flugzeuglänge:** 23,93 m
**Flugzeughöhe:** 5,03 m
**Startgewicht:** 31 075 kg
**Fluggeschwindigkeit:** 480 km/h in 6400 m Höhe
**max. Flughöhe:** 6500 m
**Reichweite:** 4345 km
**Besatzung:** 5 Mann
**Nutzlast:** 24 Passagiere

(63)

**Flugzeugtyp:** SIAI Marchetti S.M.75 (I)
**Konstrukteur:** SIAI Marchetti
**Typ:** Verkehrsflugzeug
**Motor:** 3 luftgekühlte 750-PS Alfa Romeo A.R. 126 RC 34 9-Zylinder-Sternmotoren
**Flügelspannweite:** 29,68 m
**Flugzeuglänge:** 22,30 m
**Flugzeughöhe:** 5,30 m
**Startgewicht:** 15 000 kg
**Fluggeschwindigkeit:** 350 km/h in 4000 m Höhe
**max. Flughöhe:** 6250 m
**Reichweite:** 1720 km
**Besatzung:** 4-5 Mann
**Nutzlast:** 18 Passagiere

(64)

**Flugzeugtyp:** Curtiss C-46A Commando (USA)
**Konstrukteur:** Curtiss-Wright Corp.
**Typ:** Verkehrsflugzeug
**Motor:** 2 wassergekühlte 2000-PS Pratt & Whitney mR-2800-51 Double Wasp 18-Zylinder-Sternmotoren
**Flügelspannweite:** 32,94 m
**Flugzeuglänge:** 23,27 m
**Flugzeughöhe:** 6,63 m
**Startgewicht:** 20 412 kg
**Fluggeschwindigkeit:** 294 km/h in 4570 m Höhe
**max. Flughöhe:** 8400 m
**Reichweite:** 2575 km
**Besatzung:** 4 Mann
**Nutzlast:** 50 Passagiere

(64)

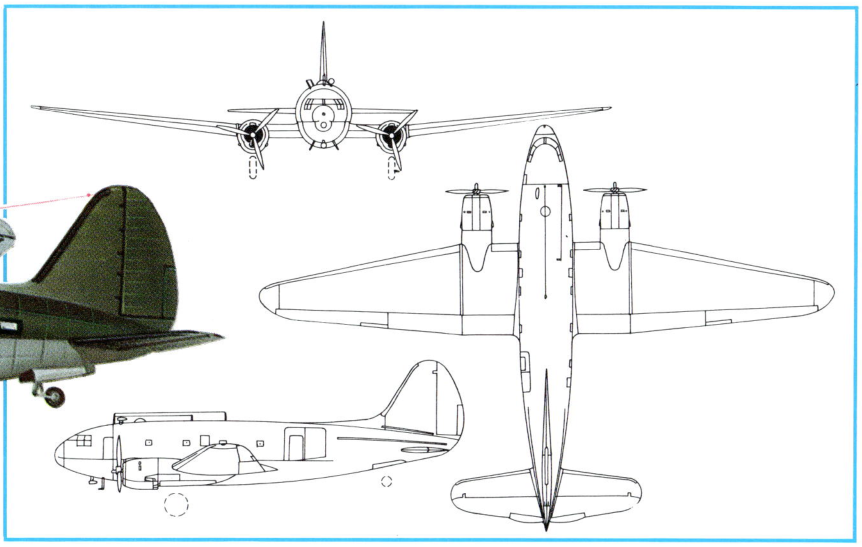

(65)

(65)

**Flugzeugtyp:** Lockheed C-69 Constellation (USA)
**Konstrukteur:** Lockheed Aircraft Corp.
**Typ:** Verkehrsflugzeug
**Motor:** 4 luftgekühlte 2200-PS Wright R-3350 Cyclone 18-Zylinder-Sternmotoren
**Flügelspannweite:** 37,49 m
**Flugzeuglänge:** 29,00 m
**Flugzeughöhe:** 7,21 m
**Startgewicht:** 32 660 kg
**Fluggeschwindigkeit:** 530 km/h
**max. Flughöhe:** 7620 m
**Reichweite:** 3860 km
**Besatzung:** 4-6 Mann
**Nutzlast:** 60 Passagiere

(66)

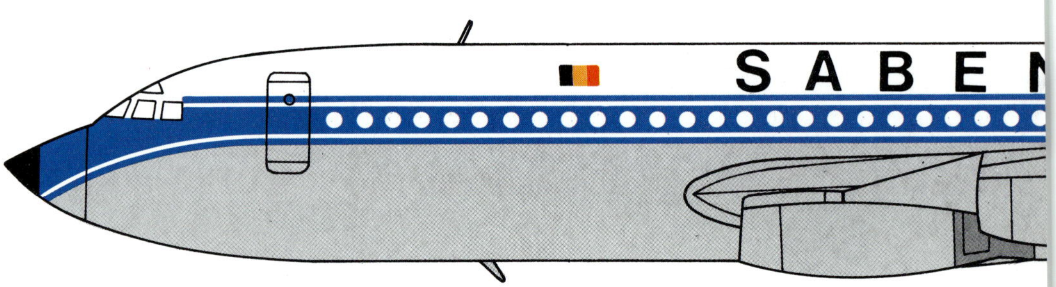


(67)

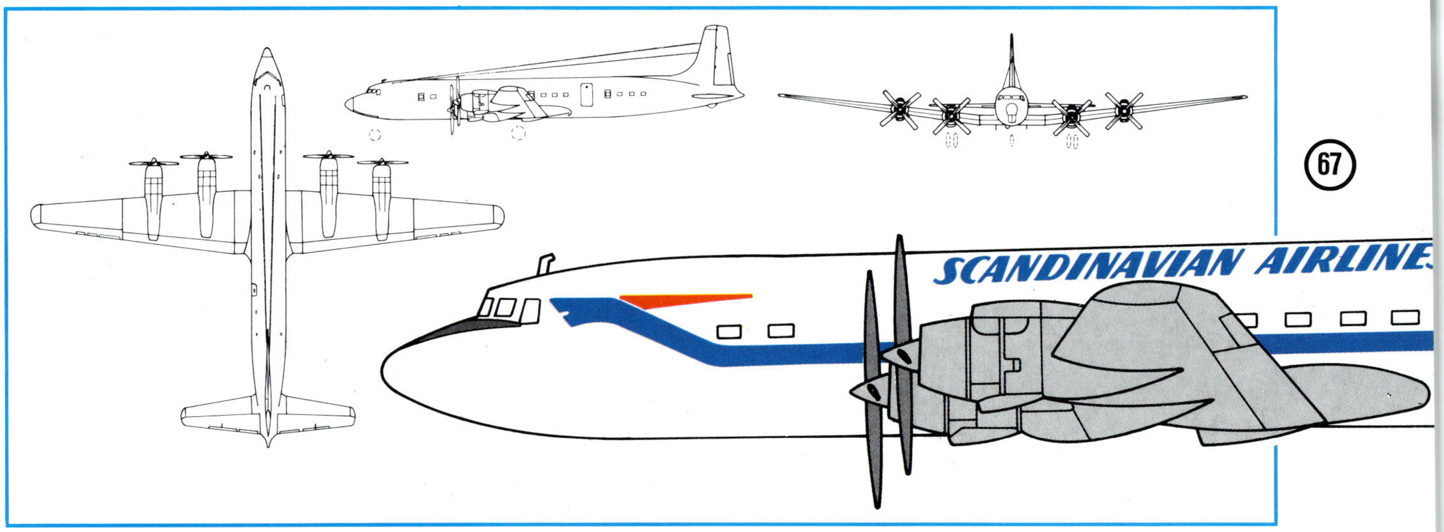


(66)

**Flugzeugtyp:** Boeing 707–120 (USA)
**Konstrukteur:** Boeing Aircraft Co.
**Typ:** Verkehrsflugzeug
**Motor:** 4 Pratt & Whitney JT3C-6 Strahltriebwerke mit je 6124 kp Schub
**Flügelspannweite:** 39,87 m
**Flugzeuglänge:** 41,50 m
**Flugzeughöhe:** 12,80 m
**Startgewicht:** 116 575 kg
**Fluggeschwindigkeit:** 885 km/h in 7620 m Höhe
**max. Flughöhe:** 11 735 m
**Reichweite:** 6317 km
**Besatzung:** 6 Mann
**Nutzlast:** 121-179 Passagiere

(67)

**Flugzeugtyp:** Douglas DC-7C (USA)
**Konstrukteur:** Douglas Aircraft Co.
**Typ:** Verkehrsflugzeug
**Motor:** 4 luftgekühlte 3400-PS Wright R-3350–18EA1 Turbo Compound 18-Zylinder-Sternmotoren
**Flügelspannweite:** 38,80 m
**Flugzeuglänge:** 34,23 m
**Flugzeughöhe:** 9,37 m
**Startgewicht:** 63 106 kg
**Fluggeschwindigkeit:** 486 km/h in 7106 m Höhe
**max. Flughöhe:** 8656 m
**Reichweite:** 9616 km
**Besatzung:** 5 Mann
**Nutzlast:** 62-95 Passagiere

(68)

**Flugzeugtyp:** Lockheed L-1049G Super Constellation (USA)
**Konstrukteur:** Lockheed Aircraft Corp.
**Typ:** Verkehrsflugzeug
**Motor:** 4 luftgekühlte 3500-PS Wright R-3350-DA3 Turbo Compound 18-Zylinder-Sternmotoren
**Flügelspannweite:** 37,49 m
**Flugzeuglänge:** 34,60 m
**Flugzeughöhe:** 7,54 m
**Startgewicht:** 62 370 kg
**Fluggeschwindigkeit:** 450 km/h in 6100 m Höhe
**Flughöhe:** 6100 m
**Reichweite:** 5340 km
**Besatzung:** 6 Mann
**Nutzlast:** 66-95 Passagiere

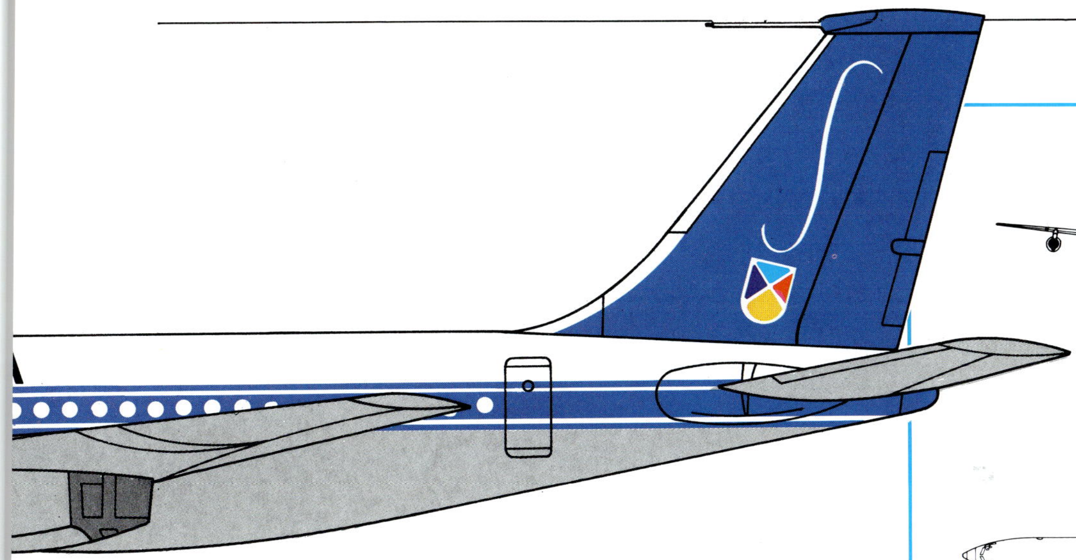

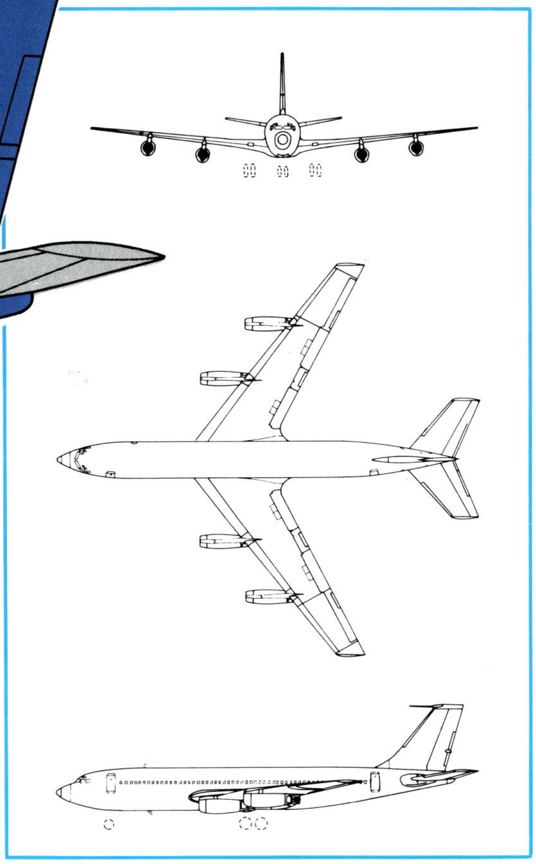

68

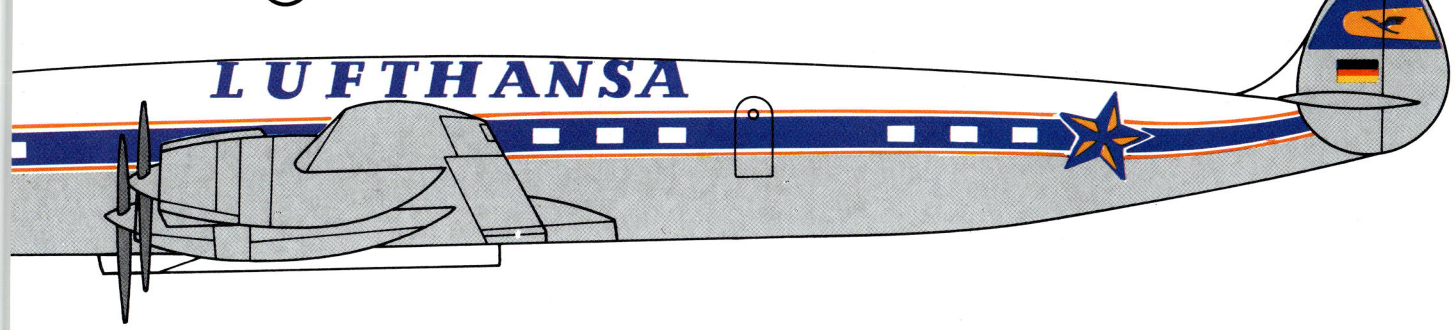

(69)

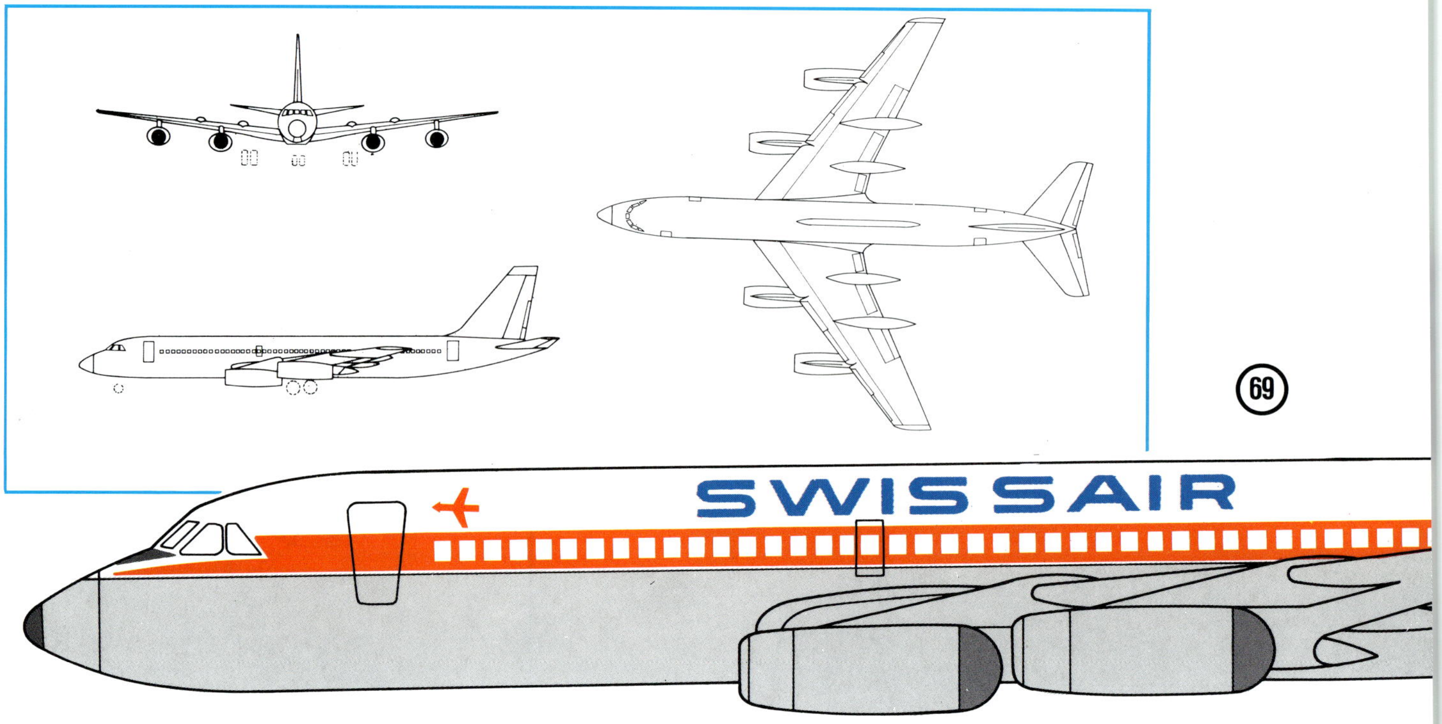


(70)

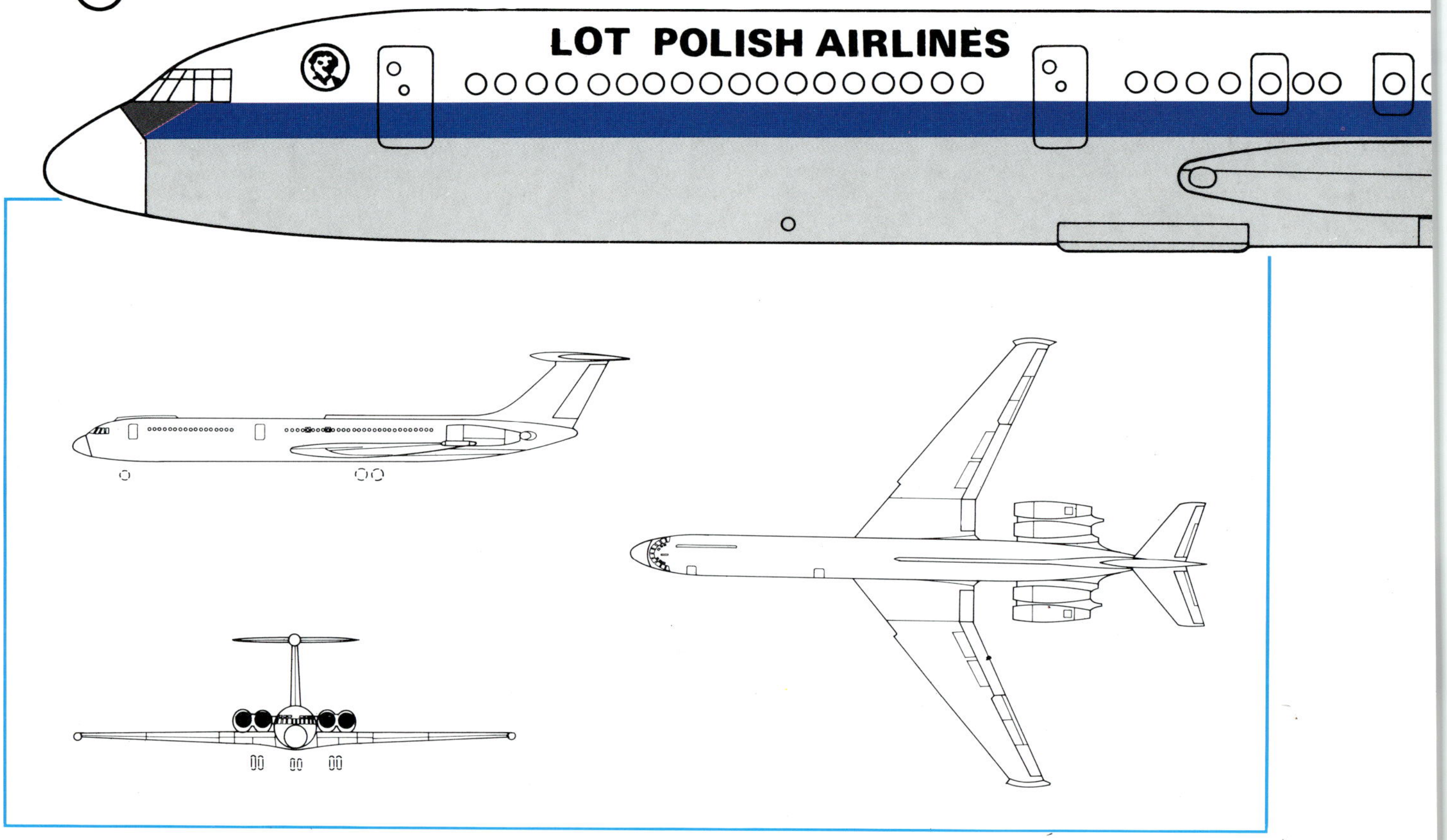

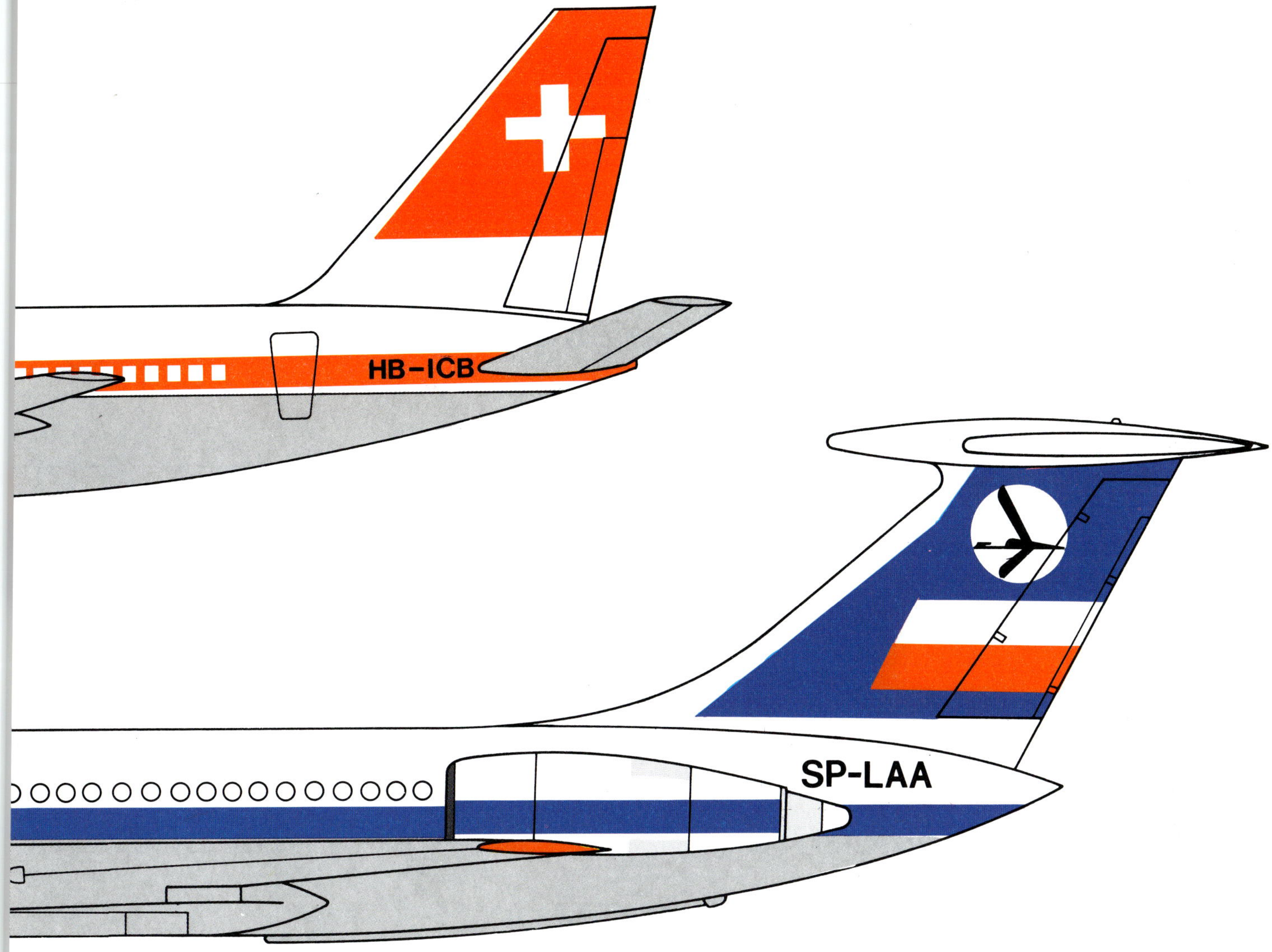


(69)

**Flugzeugtyp:** Convair 990 Coronado (USA)
**Konstrukteur:** Convair Division of General Dynamics Corp.
**Typ:** Verkehrsflugzeug
**Motor:** 4 General Electric CJ805–23B Strahltriebwerke mit je 7302 kp Schub
**Flügelspannweite:** 36,58 m
**Flugzeuglänge:** 42,50 m
**Flugzeughöhe:** 12,04 m
**Startgewicht:** 110 765 kg
**Fluggeschwindigkeit:** 1006 km/h in 6460 m Höhe
**max. Flughöhe:** 12 500 m
**Reichweite:** 6308 km
**Besatzung:** 5 Mann
**Nutzlast:** 96-121 Passagiere

(70)

**Flugzeugtyp:** Ilyushin Il-62 (UdSSR)
**Konstrukteur:** Staatliche Industrie
**Typ:** Verkehrsflugzeug
**Motor:** 4 Kuznetsov NK-8 Strahltriebwerke mit je 10 500 kp Schub
**Flügelspannweite:** 43,30 m
**Flugzeuglänge:** 53,12 m
**Flugzeughöhe:** 12,35 m
**Startgewicht:** 157 500 kg
**Fluggeschwindigkeit:** 900 km/h in 10 000 m Höhe
**max. Flughöhe:** 12 000 m
**Reichweite:** 6700 km
**Besatzung:** 5 Mann
**Nutzlast:** 186 Passagiere

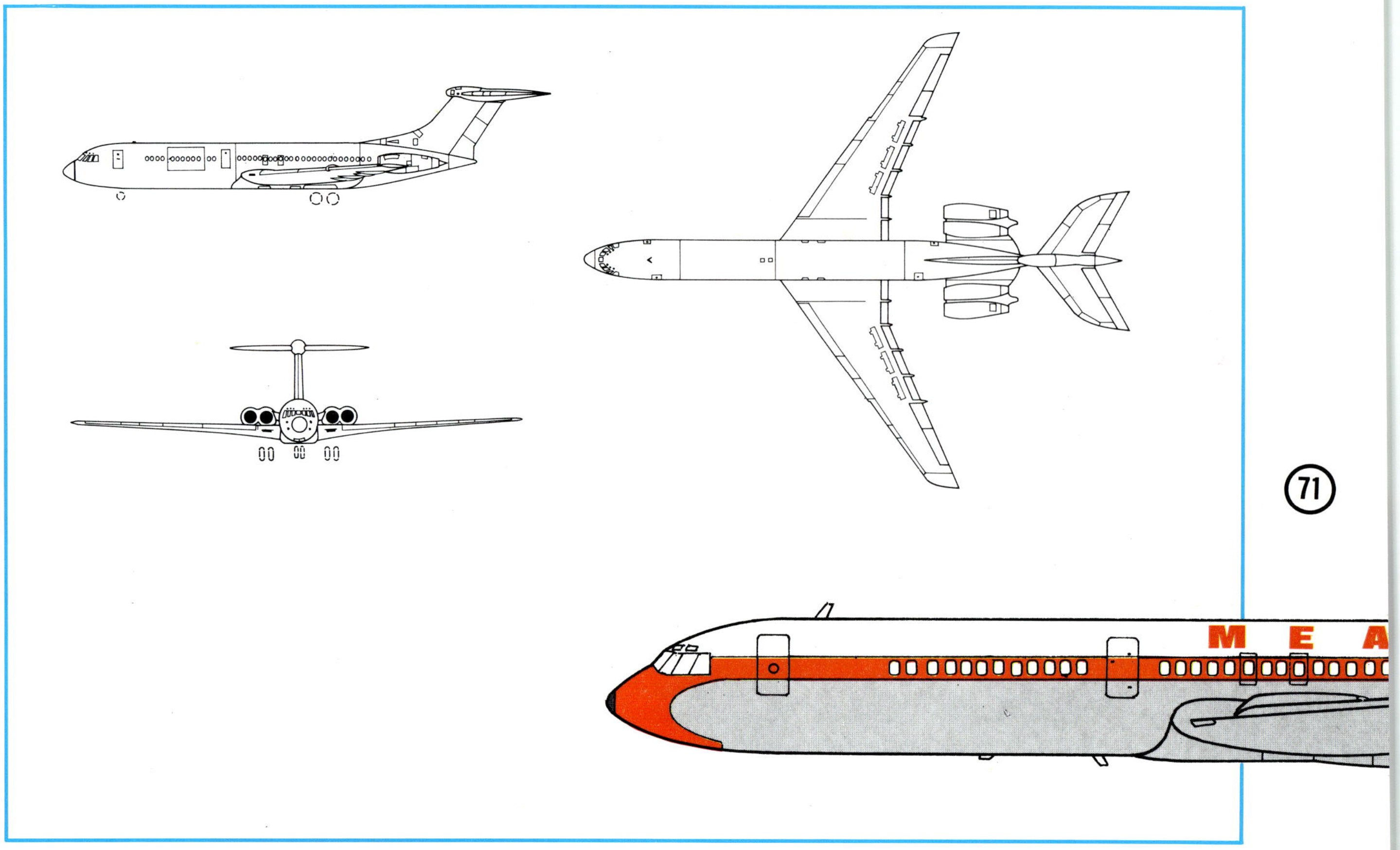


71

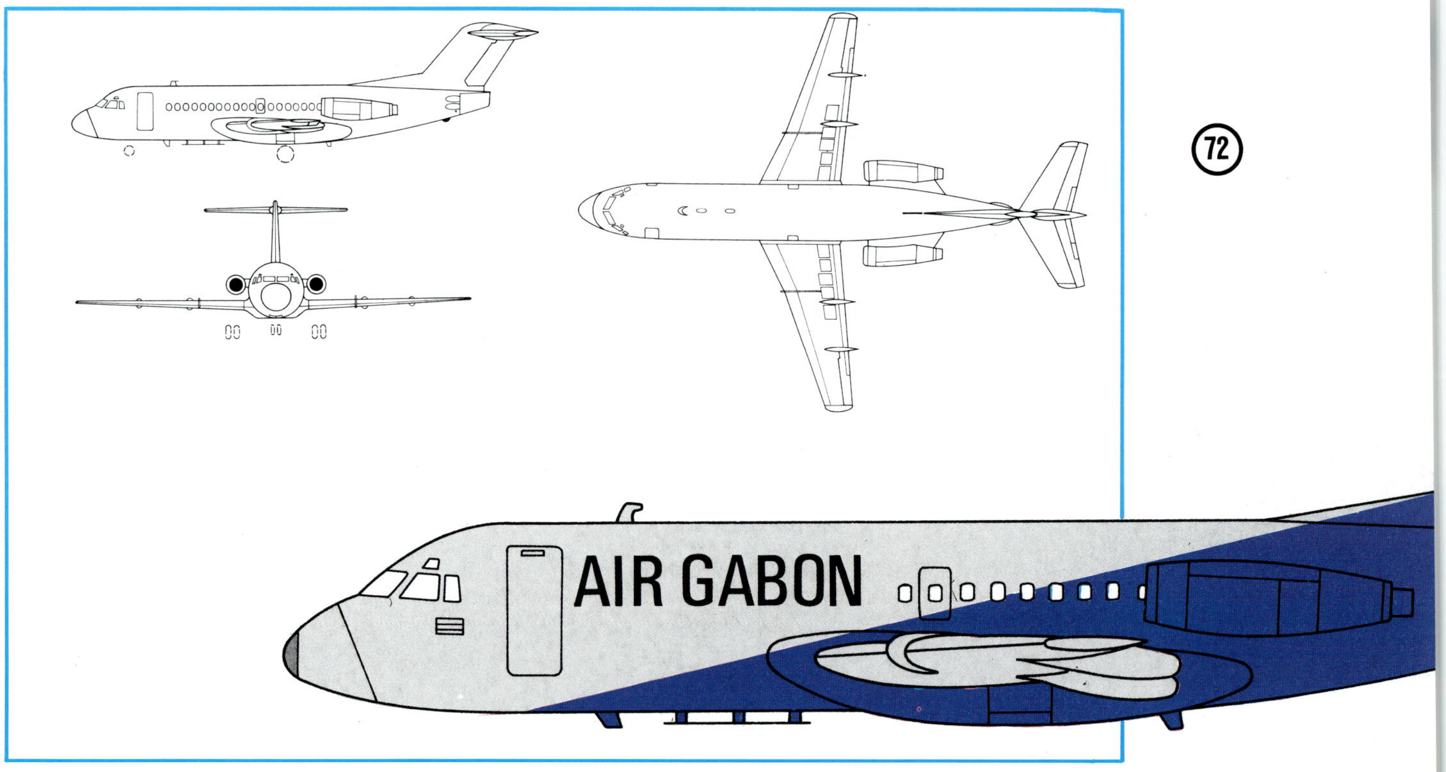


72

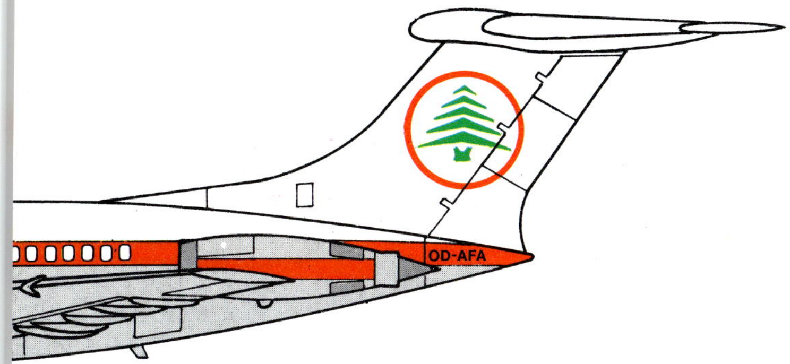


73

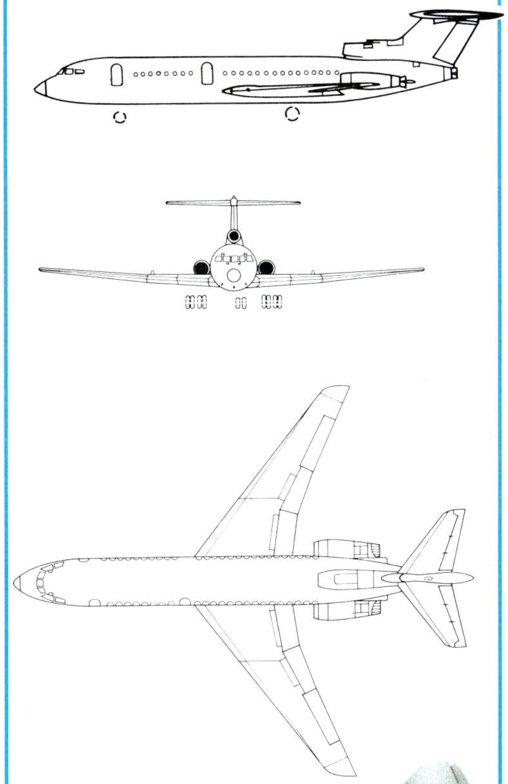

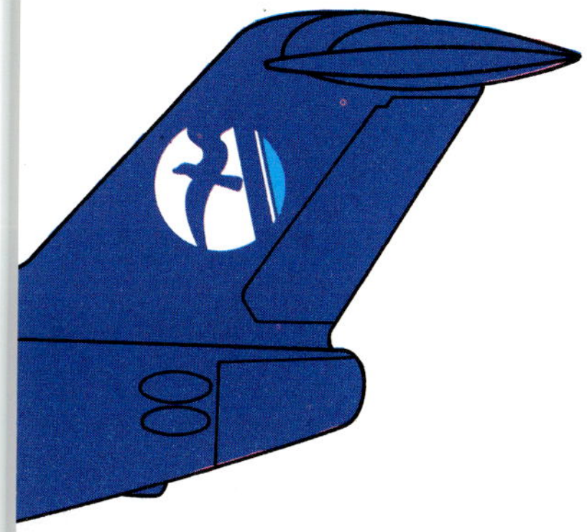

(71)

**Flugzeugtyp:** Bac Super Vc 10–1150 (GB)
**Konstrukteur:** British Aircraft Corp.
**Typ:** Verkehrsflugzeug
**Motor:** 4 Rolls-Royce Conway RC.43 Strahltriebwerke mit je 10 205 kp Schub
**Flügelspannweite:** 44,55 m
**Flugzeuglänge:** 52,32 m
**Flugzeughöhe:** 12,04 m
**Startgewicht:** 151 950 kg
**Fluggeschwindigkeit:** 935 km/h in 9450 m Höhe
**max. Flughöhe:** 12 800 m
**Reichweite:** 7600 km
**Besatzung:** 6-8 Mann
**Nutzlast:** 163-174 Passagiere

(72)

**Flugzeugtyp:** Fokker F.28 Mk.2000 Fellowship (NL)
**Konstrukteur:** Fokker-VFW B.V.
**Typ:** Verkehrsflugzeug
**Motor:** 2 Rolls-Royce RB.183–2 Spey Mk. 155–15 Strahltriebwerke mit je 4468 kp Schub
**Flügelspannweite:** 23,58 m
**Flugzeuglänge:** 29,61 m
**Flugzeughöhe:** 8,47 m
**Startgewicht:** 29 485 kg
**Fluggeschwindigkeit:** 849 km/h in 7620 m Höhe
**max. Flughöhe:** 10 675 m
**Reichweite:** 1213 km
**Besatzung:** 4-5 Mann
**Nutzlast:** 79 Passagiere

(73)

**Flugzeugtyp:** Hawker Siddeley Trident 1E (GB)
**Konstrukteur:** Hawker Siddeley Aviation Ltd.
**Typ:** Verkehrsflugzeug
**Motor:** 3 Rolls-Royce RB.163–25 Mk.511–5 Spey Strahltriebwerke mit je 5170 kp Schub
**Flügelspannweite:** 28,96 m
**Flugzeuglänge:** 34,98 m
**Flugzeughöhe:** 8,23 m
**Startgewicht:** 60 780 kg
**Fluggeschwindigkeit:** 972 km/h in 9150 m Höhe
**max. Flughöhe:** 9450 m
**Reichweite:** 3934 km
**Besatzung:** 7-8 Mann
**Nutzlast:** 115 Passagiere

74

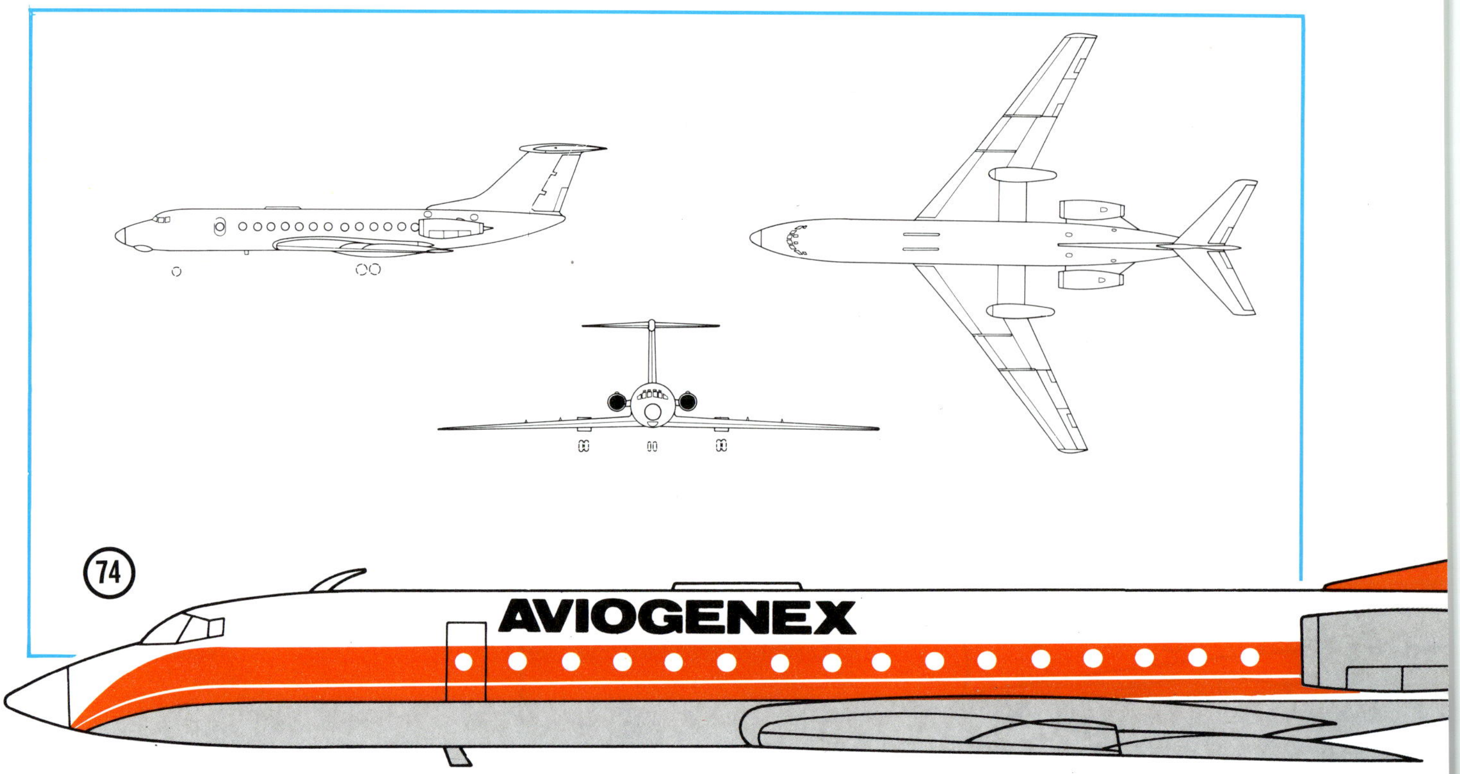


75

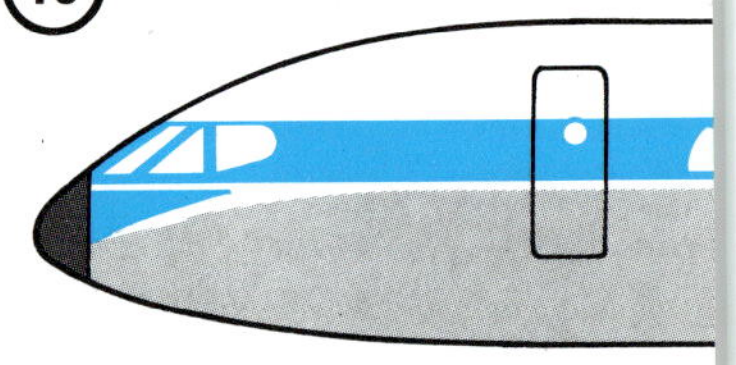

76

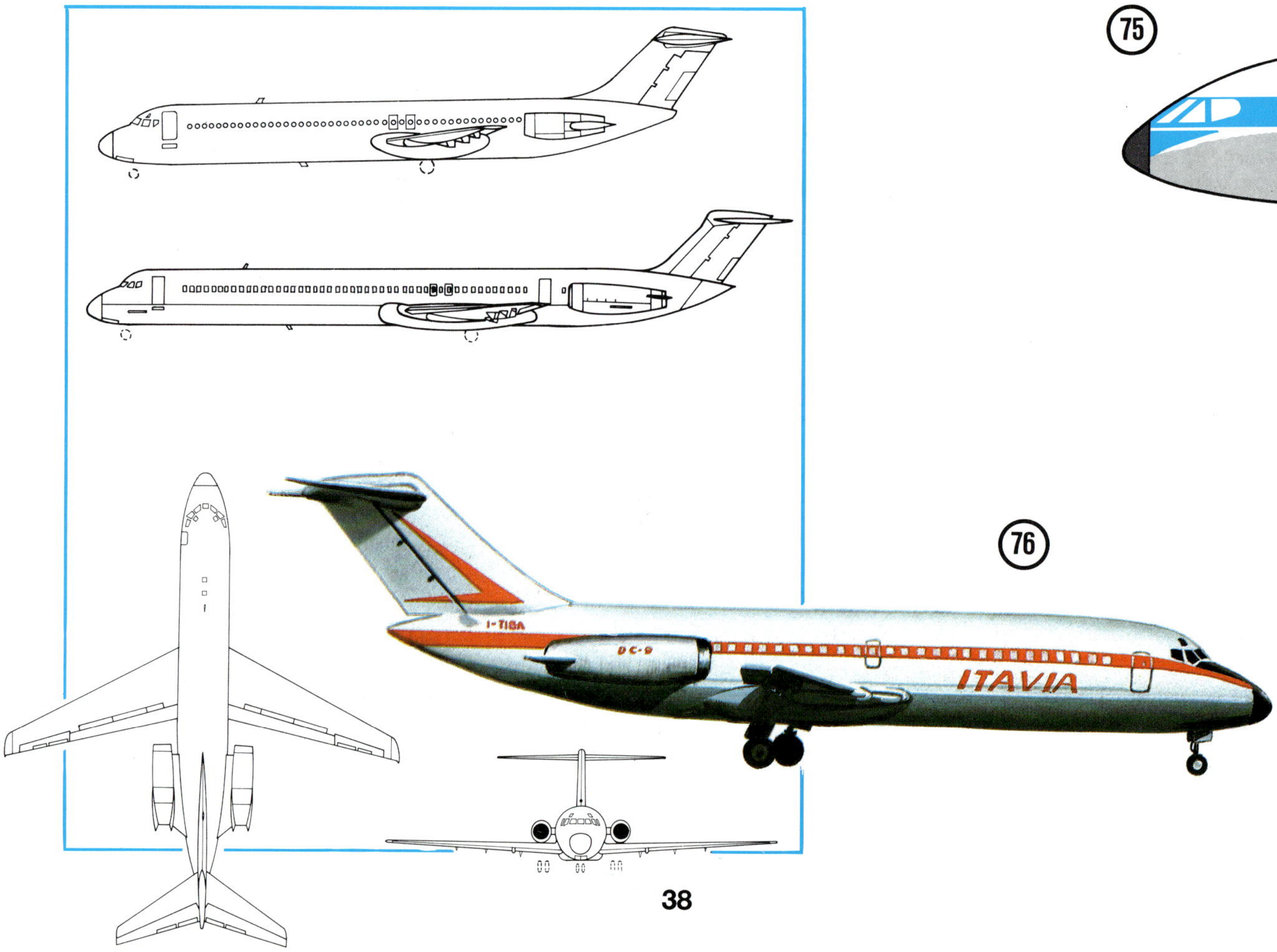

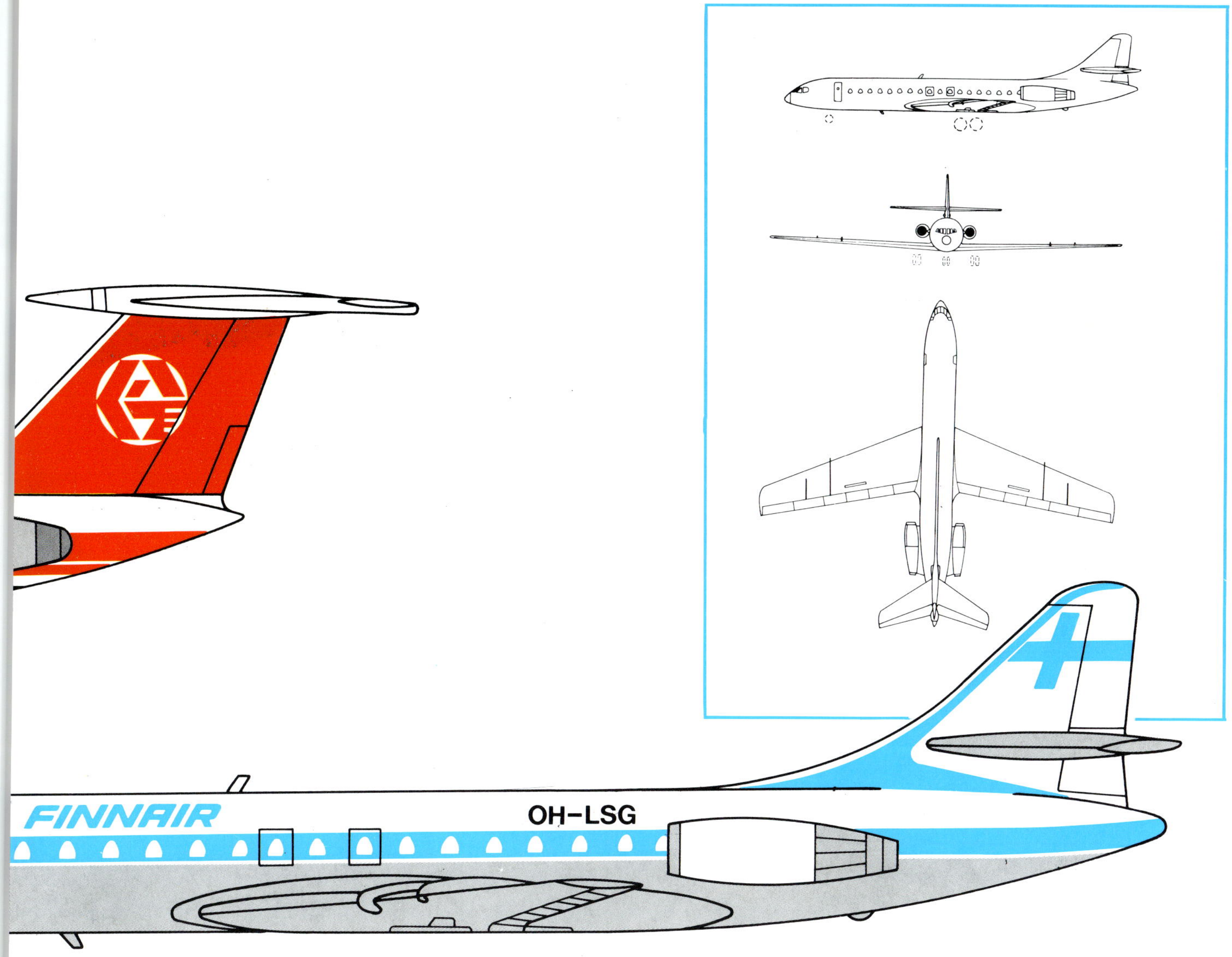


(74)

**Flugzeugtyp:** Tupolev Tu-134A (UdSSR)
**Konstrukteur:** Staatliche Industrie
**Typ:** Verkehrsflugzeug
**Motor:** 2 Solowjow D-30-Strahltriebwerke mit je 6800 kp Schub
**Flügelspannweite:** 29,00 m
**Flugzeuglänge:** 37,10 m
**Flugzeughöhe:** 9,02 m
**Startgewicht:** 47 000 kg
**Fluggeschwindigkeit:** 750 km/h in 11 000 m Höhe
**max. Flughöhe:** 12 000 m
**Reichweite:** 2000 – 3500 km
**Besatzung:** 3 Mann
**Nutzlast:** 76-80 Passagiere

(75)

**Flugzeugtyp:** Sud-Aviation SE-210 Caravelle III (F)
**Konstrukteur:** Sud-Aviation
**Typ:** Verkehrsflugzeug
**Motor:** 2 Rolls-Royce Avon 527 Strahltriebwerke mit je 5171 kp Schub
**Flügelspannweite:** 34,30 m
**Flugzeuglänge:** 32,01 m
**Flugzeughöhe:** 8,72 m
**Startgewicht:** 46 000 kg
**Fluggeschwindigkeit:** 779 km/h in 10 670 m Höhe
**max. Flughöhe:** 10 000 m
**Reichweite:** 1740 km
**Besatzung:** 4 Mann
**Nutzlast:** 64-99 Passagiere

(76)

**Flugzeugtyp:** McDonnell Douglas DC-9–10 (USA)
**Konstrukteur:** Douglas Aircraft Co.
**Typ:** Verkehrsflugzeug
**Motor:** 2 Pratt & Whitney JT8D-5 Strahltriebwerke mit je 5556 kp Schub
**Flügelspannweite:** 27,25 m
**Flugzeuglänge:** 31,82 m
**Flugzeughöhe:** 8,38 m
**Startgewicht:** 35 245 kg
**Fluggeschwindigkeit:** 903 km/h in 7620 m Höhe
**max. Flughöhe:** 10 675 m
**Reichweite:** 1600 km
**Besatzung:** 4-5 Mann
**Nutzlast:** 90 Passagiere

77

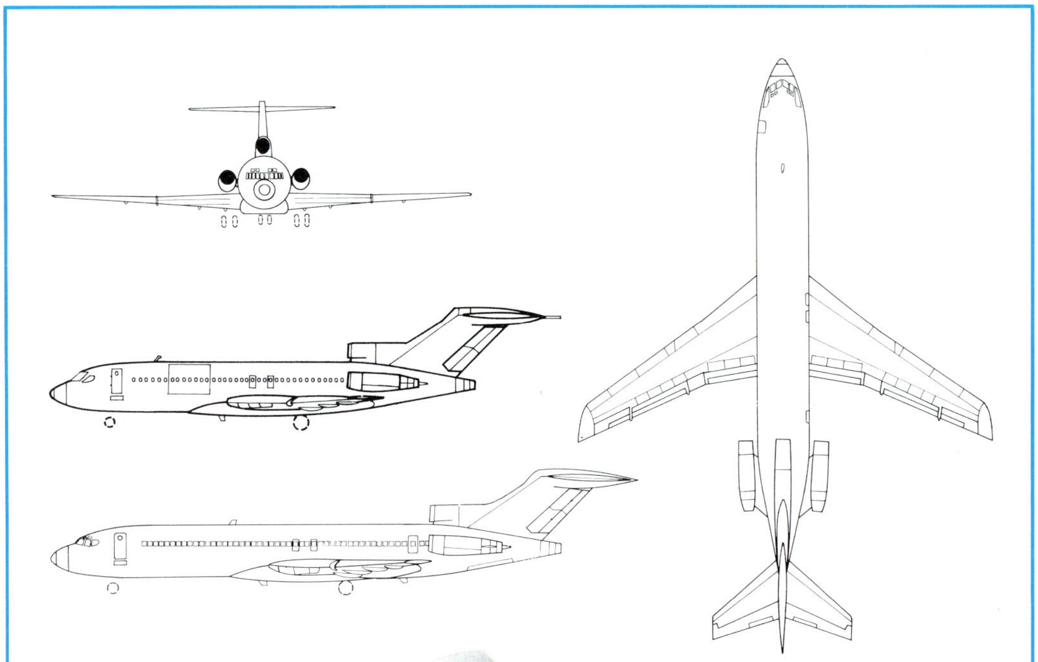

78

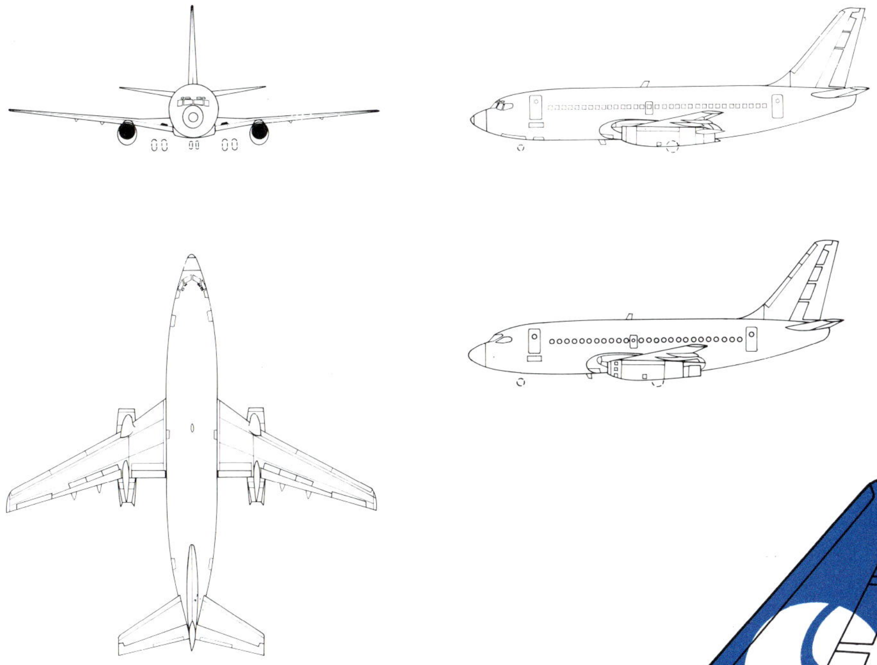

(79)

(77)

**Flugzeugtyp:** Douglas DC-8–63 (USA)
**Konstrukteur:** Douglas Aircraft Co.
**Typ:** Verkehrsflugzeug
**Motor:** 4 Pratt & Whitney JT3D-7 Strahltriebwerke mit je 8618 kp Schub
**Flügelspannweite:** 45,23 m
**Flugzeuglänge:** 57,13 m
**Flugzeughöhe:** 12,23 m
**Startgewicht:** 158 760 kg
**Fluggeschwindigkeit:** 965 km/h in 9150 m Höhe
**max. Flughöhe:** 9150 m
**Reichweite:** 6035 km
**Besatzung:** 5 Mann
**Nutzlast:** 259 Passagiere

(78)

**Flugzeugtyp:** Boeing 727–200 (USA)
**Konstrukteur:** Boeing Commercial Airplane Co.
**Typ:** Verkehrsflugzeug
**Motor:** 3 Pratt & Whitney JT8D-9A Strahltriebwerke mit je 6580 kp Schub
**Flügelspannweite:** 32,92 m
**Flugzeuglänge:** 46,69 m
**Flugzeughöhe:** 10,36 m
**Startgewicht:** 83 820 kg
**Fluggeschwindigkeit:** 953 km/h in 6705 m Höhe
**max. Flughöhe:** 10 060 m
**Reichweite:** 4260 km
**Besatzung:** 6-7 Mann
**Nutzlast:** 189 Passagiere

(79)

**Flugzeugtyp:** Boeing 737–200 (USA)
**Konstrukteur:** Boeing Commercial Airplane Co.
**Typ:** Verkehrsflugzeug
**Motor:** 2 Pratt & Whitney JT8D-15 Strahltriebwerke mit je 7030 kp Schub
**Flügelspannweite:** 28,35 m
**Flugzeuglänge:** 46,69 m
**Flugzeughöhe:** 11,28 m
**Startgewicht:** 49 435 kg
**Fluggeschwindigkeit:** 915 km/h in 6675 m Höhe
**max. Flughöhe:** 9145 m
**Reichweite:** 3555 km
**Besatzung:** 5 Mann
**Nutzlast:** 115-130 Passagiere

80

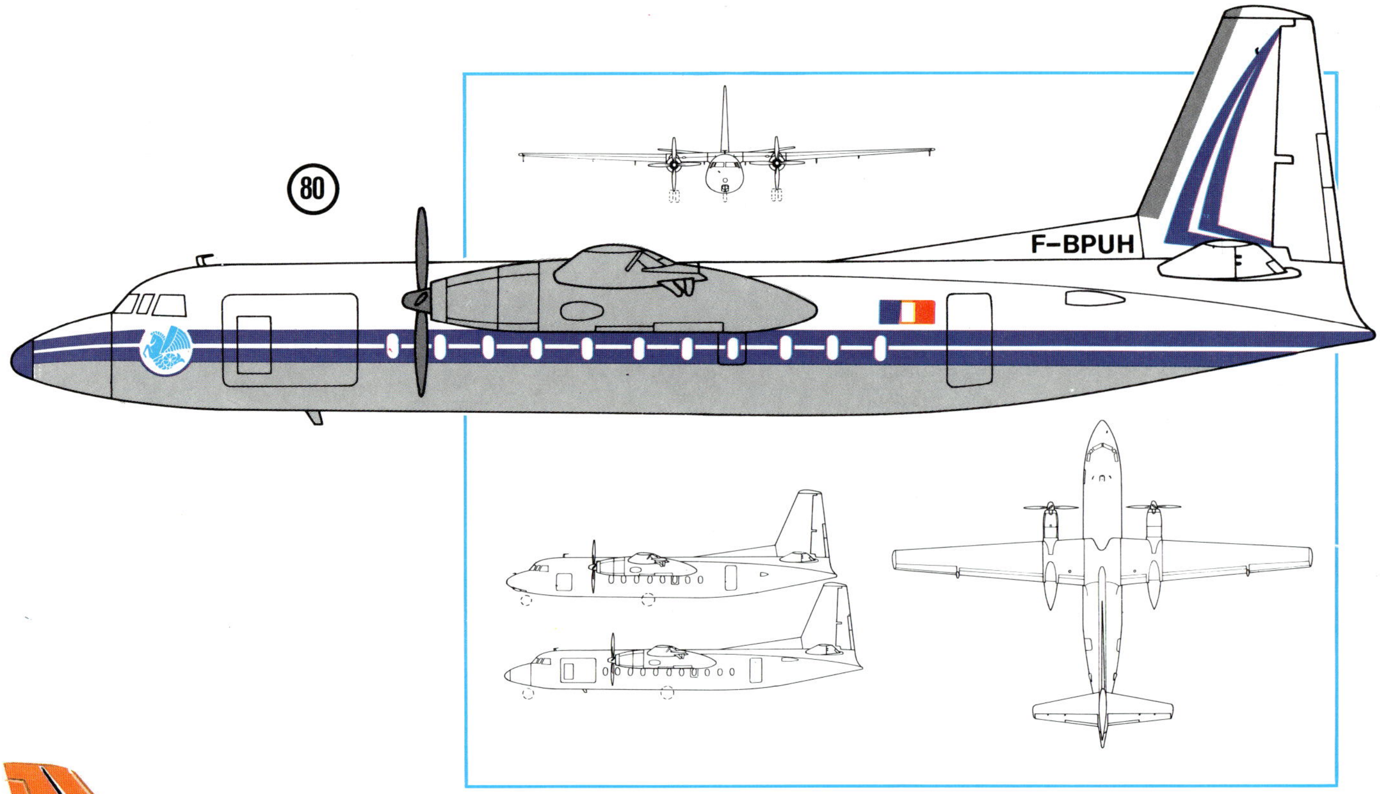


81

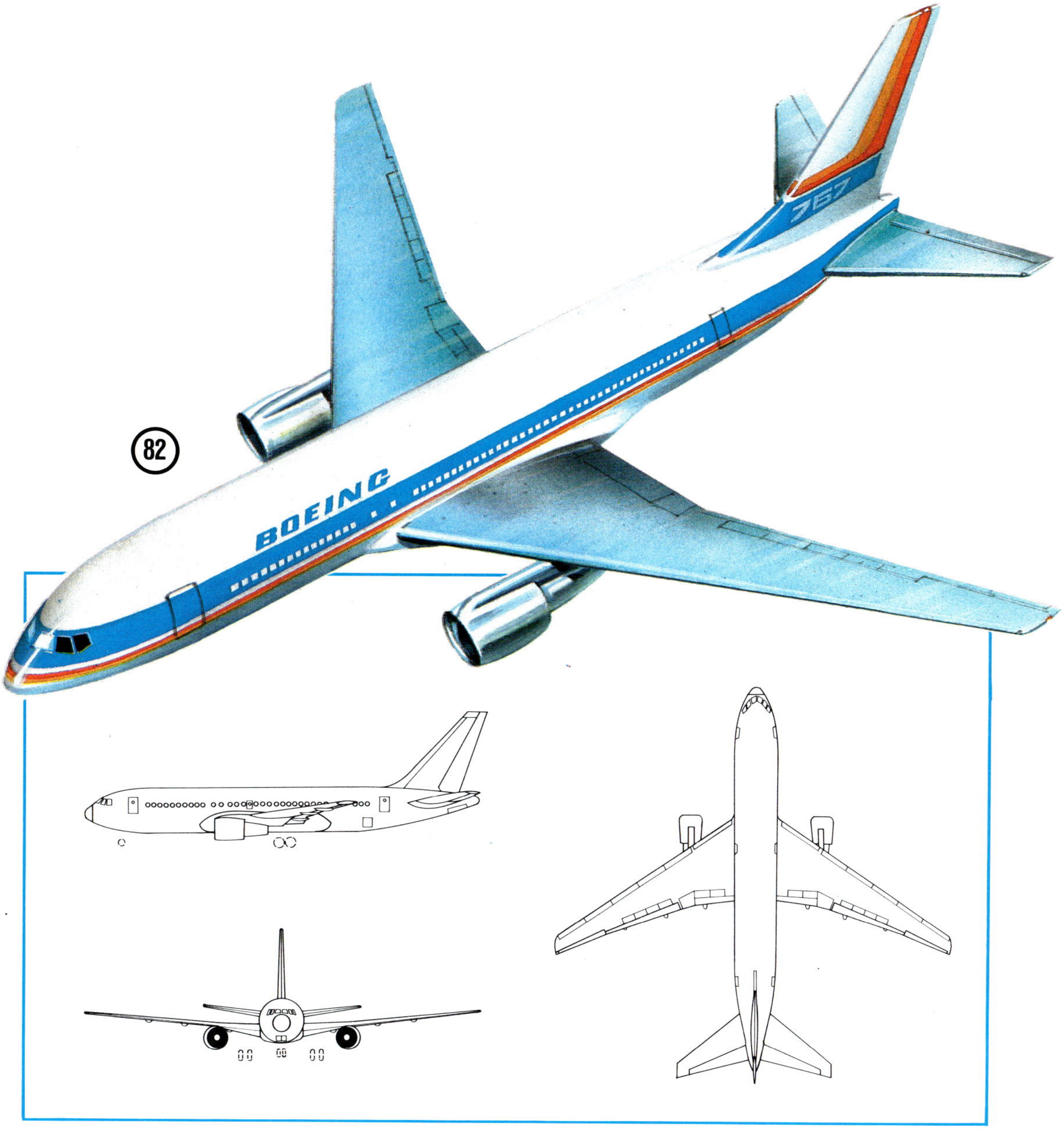


(80)

**Flugzeugtyp:** Fokker F.27–500 Friendship (NL)
**Konstrukteur:** Fokker-VFW N.V.
**Typ:** Verkehrsflugzeug
**Motor:** zwei 2250-PS Rolls-Royce Dart 532–7 Turbopropriebwerke
**Flügelspannweite:** 29,00 m
**Flugzeuglänge:** 25,06 m
**Flugzeughöhe:** 8,71 m
**Startgewicht:** 20 412 kg
**Fluggeschwindigkeit:** 518 km/h in 6095 m Höhe
**max. Flughöhe:** 9000 m
**Reichweite:** 1075 km
**Besatzung:** 2-3 Mann
**Nutzlast:** 52-56 Passagiere

(81)

**Flugzeugtyp:** Boeing 747–200 (USA)
**Konstrukteur:** Boeing Commercial Airplane Co.
**Typ:** Verkehrsflugzeug
**Motor:** 4 Pratt & Whitney JT9D-7/3a Strahltriebwerke mit je 21 319 kp Schub
**Flügelspannweite:** 59,64 m
**Flugzeuglänge:** 70,66 m
**Flugzeughöhe:** 19,33 m
**Startgewicht:** 332 900 kg
**Fluggeschwindigkeit:** 910 km/h in 9500 m Höhe
**max. Flughöhe:** 13 715 m
**Reichweite:** 8000 km
**Besatzung:** 10-13 Mann
**Nutzlast:** 400 Passagiere

(82)

**Flugzeugtyp:** Boeing 767 (USA)
**Konstrukteur:** Boeing Commercial Airplane Co.
**Typ:** Verkehrsflugzeug
**Motor:** 2 Pratt & Whitney Strahltriebwerke mit je 21 700 kp Schub
**Flügelspannweite:** 47,60 m
**Flugzeuglänge:** 48,50 m
**Flugzeughöhe:** 15,80 m
**Startgewicht:** 136 080 kg
**max. Flughöhe:** 11 580 m
**Reichweite:** 5148 km
**Nutzlast:** 211-289 Passagiere

(83)

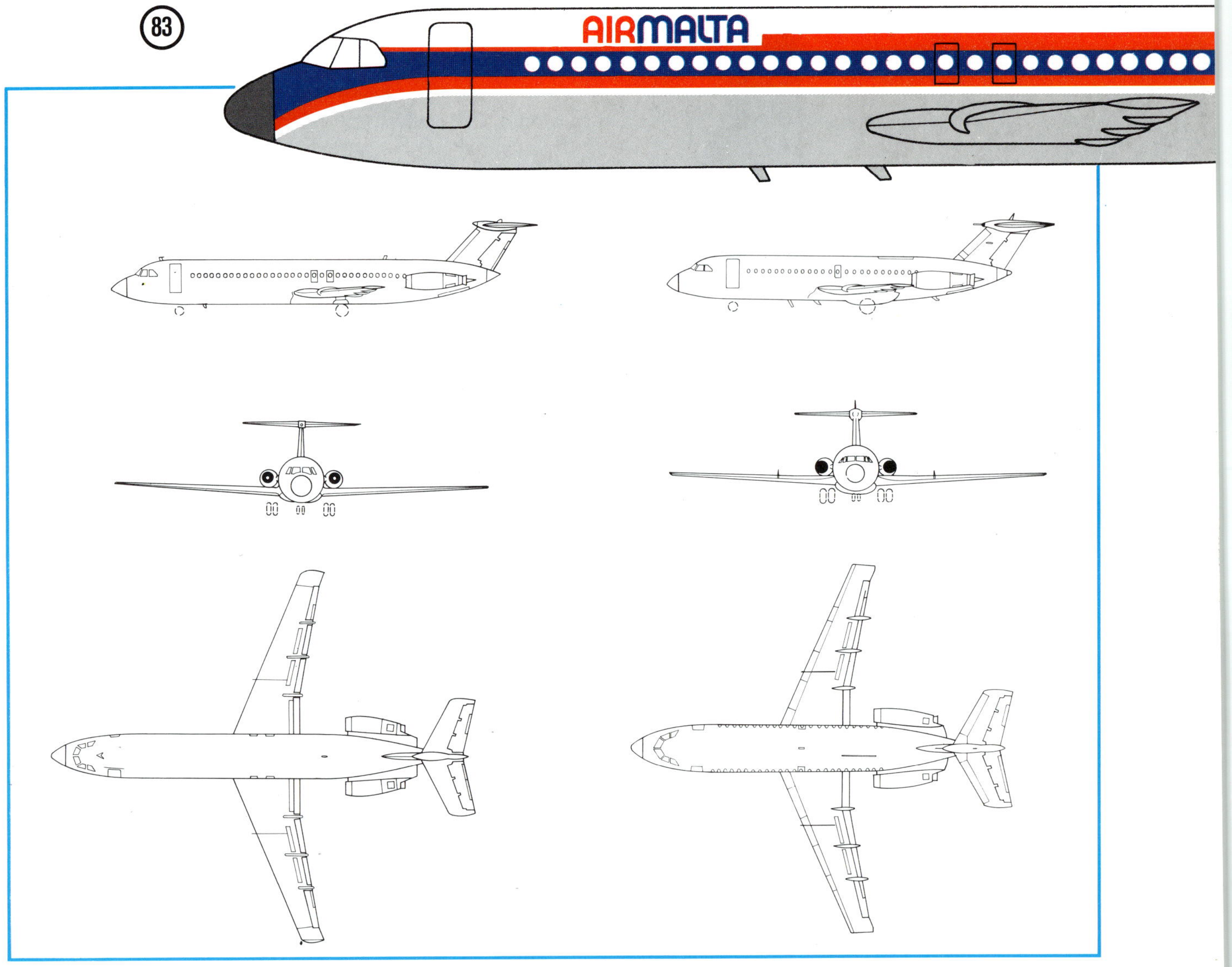


(83)

**Flugzeugtyp:** Bac One-Eleven-500 (GB)
**Konstrukteur:** British Aircraft Corp.
**Typ:** Verkehrsflugzeug
**Motor:** 2 Rolls-Royce Spey Mk. 521 Strahltriebwerke mit je 5692 kp Schub
**Flügelspannweite:** 28,50 m
**Flugzeuglänge:** 32,71 m
**Flugzeughöhe:** 7,47 m
**Startgewicht:** 45 201 kg
**Fluggeschwindigkeit:** 816 km/h
**max. Flughöhe:** 10 670 m
**Reichweite:** 2720 km
**Besatzung:** 4-5 Mann
**Nutzlast:** 89 Passagiere

(84)

**Flugzeugtyp:** McDonnell Douglas DC–10–30 (USA)
**Konstrukteur:** McDonnell Douglas Corp.
**Typ:** Verkehrsflugzeug
**Motor:** 3 General Electric CF6–50A Strahltriebwerke mit je 22 230 kp Schub
**Flügelspannweite:** 50,41 m
**Flugzeuglänge:** 55,50 m
**Flugzeughöhe:** 17,70 m
**Startgewicht:** 256 280 kg
**Fluggeschwindigkeit:** 908 km/h in 9145 m Höhe
**max. Flughöhe:** 10 180 m
**Reichweite:** 11 580 km
**Besatzung:** 13 Mann
**Nutzlast:** 255-380 Passagiere

(85)

**Flugzeugtyp:** Tupolev Tu-154B (UdSSR)
**Konstrukteur:** Staatliche Industrie
**Typ:** Verkehrsflugzeug
**Motor:** 3 Kuznetsov NK-8–2U Strahltriebwerke mit je 9500 kp Schub
**Flügelspannweite:** 37,55 m
**Flugzeuglänge:** 47,90 m
**Flugzeughöhe:** 11,40 m
**Startgewicht:** 84 000 kg
**Fluggeschwindigkeit:** 900 km/h in 9500 m Höhe
**max. Flughöhe:** 12 000 m
**Reichweite:** 3200 km
**Besatzung:** 8 Mann
**Nutzlast:** 168 Passagiere

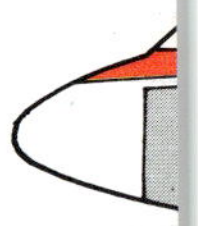

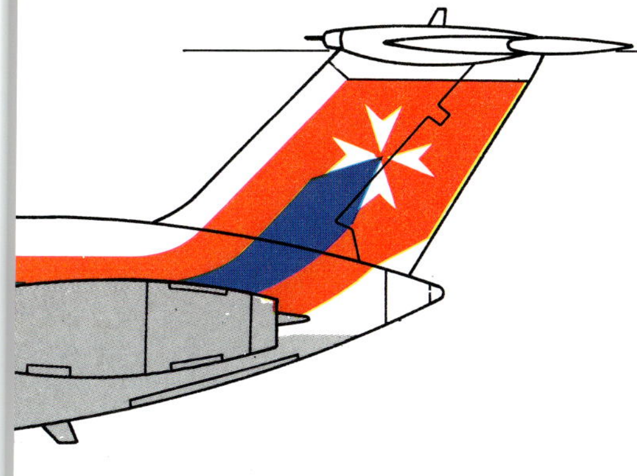

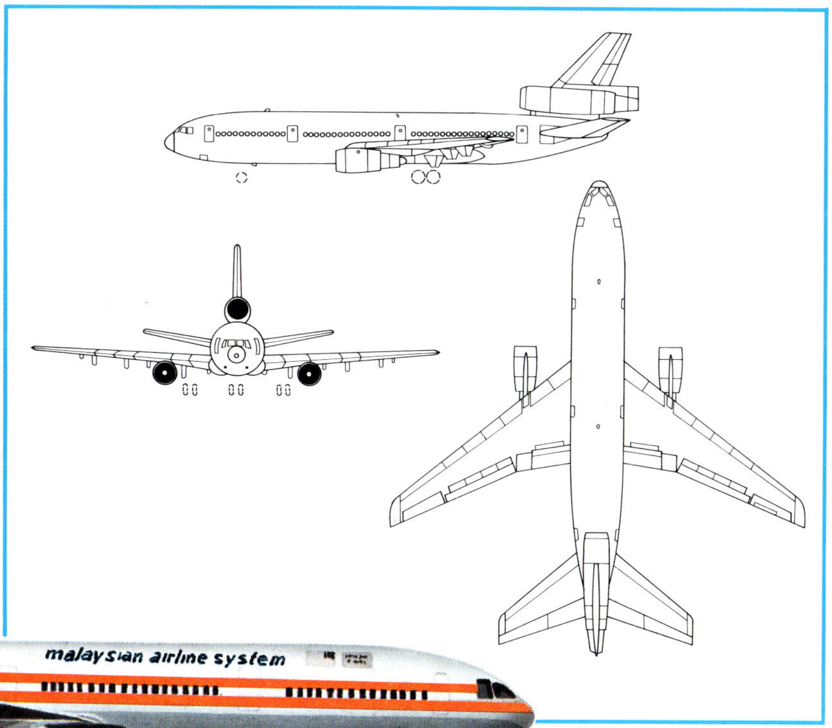

84

85

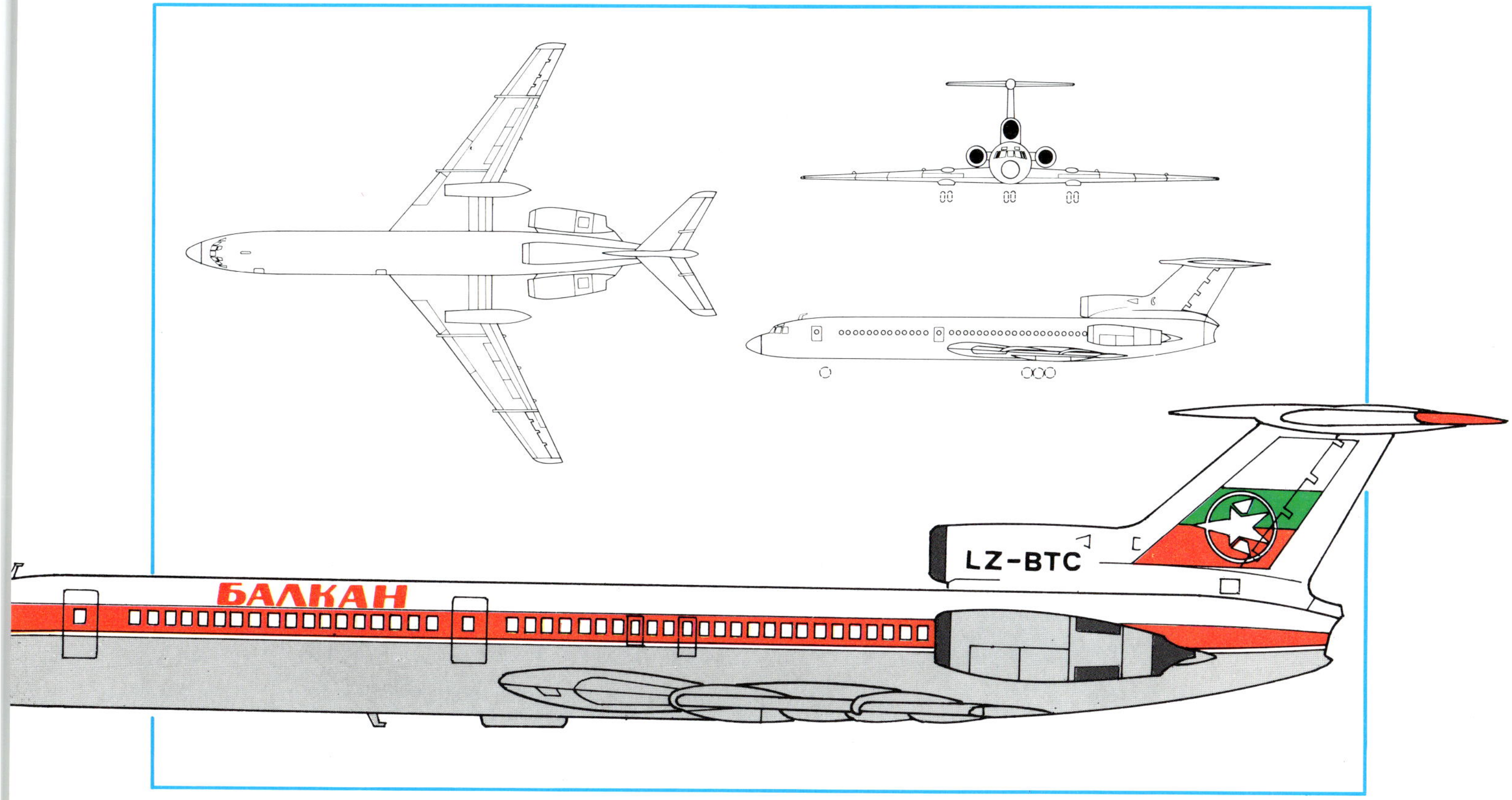

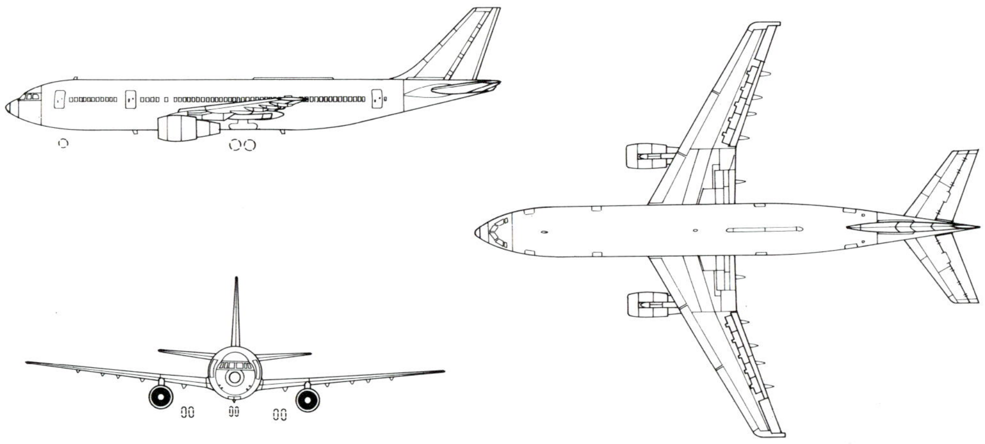

86

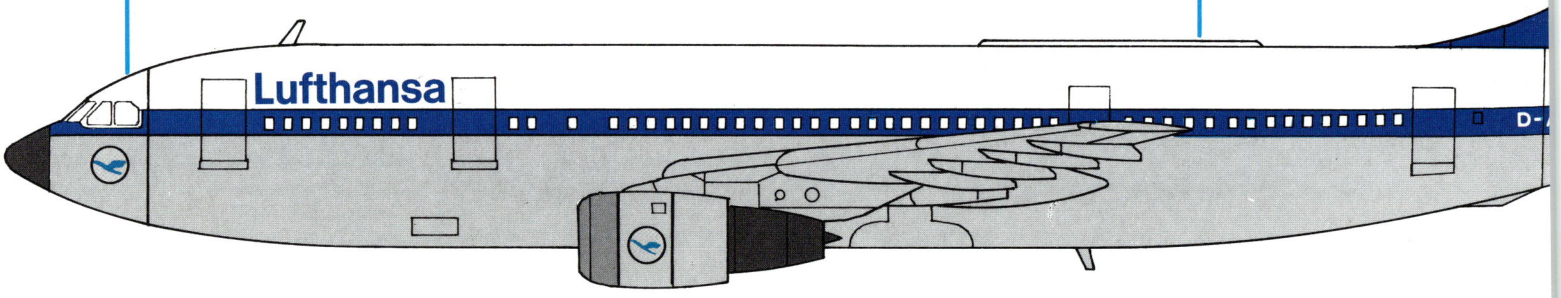


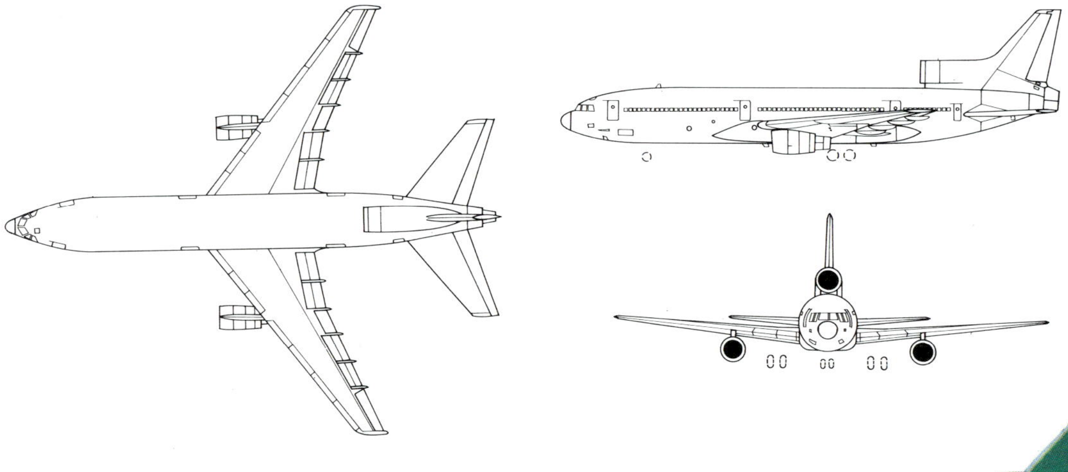

87

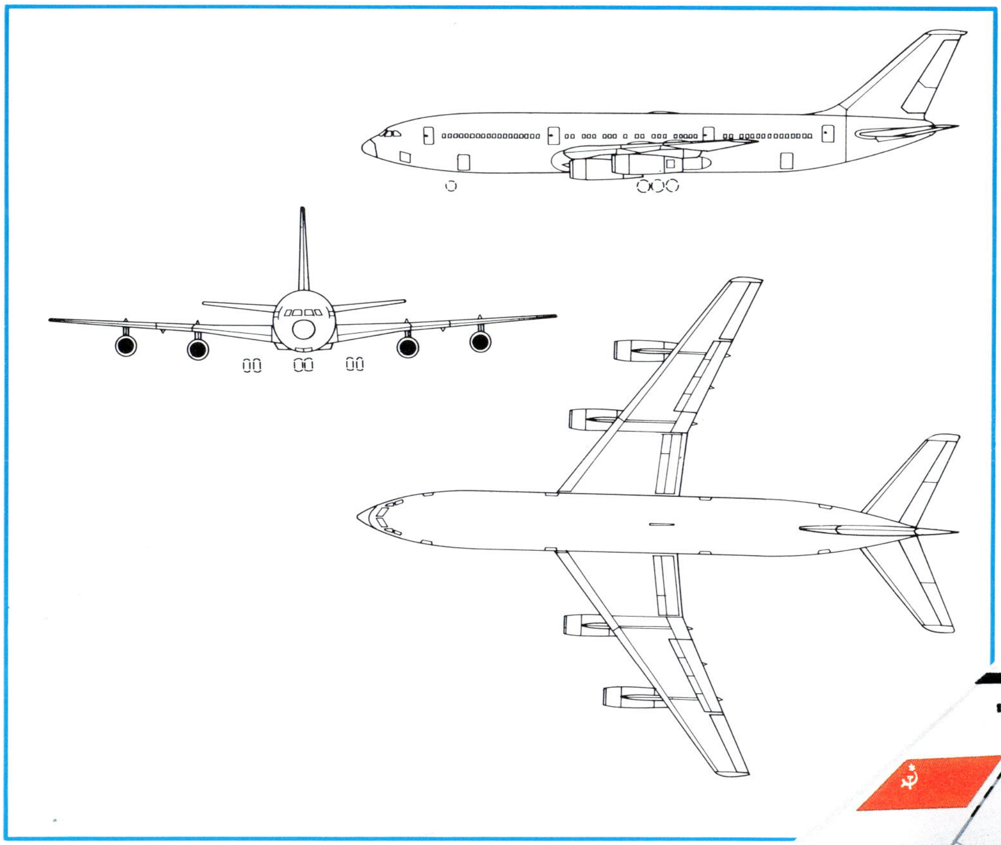

88

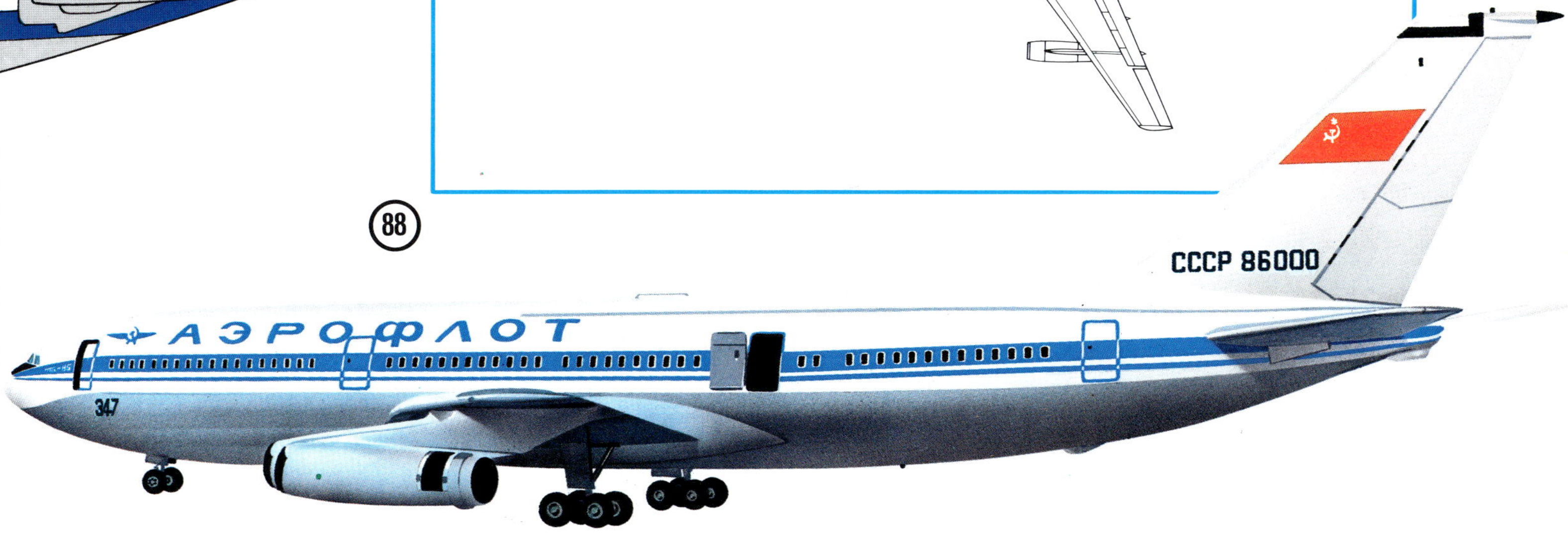


86

**Flugzeugtyp:** Airbus A.300 B4 (Internationales Konsortium F-D-GB-E)
**Konstrukteur:** Airbus Industrie
**Typ:** Verkehrsflugzeug
**Motor:** 2 General Electric CF6–50C Strahltriebwerke mit je 23 135 kp Schub
**Flügelspannweite:** 44,84 m
**Flugzeuglänge:** 53,62 m
**Flugzeughöhe:** 16,53 m
**Startgewicht:** 165 000 kg
**Fluggeschwindigkeit:** 878 km/h in 9500 m Höhe
**max. Flughöhe:** 10 675 m
**Reichweite:** 4263 km
**Besatzung:** 8-10 Mann
**Nutzlast:** 253 Passagiere

87

**Flugzeugtyp:** Lockheed L-1011–200 Tristar (USA)
**Konstrukteur:** Lockheed Aircraft Co.
**Typ:** Verkehrsflugzeug
**Motor:** 3 Rolls-Royce RB.211–524 Strahltriebwerke mit je 21.770 kp Schub
**Flügelspannweite:** 47,34 m
**Flugzeuglänge:** 54,17 m
**Flugzeughöhe:** 16,87 m
**Startgewicht:** 216 363 kg
**Fluggeschwindigkeit:** 982 km/h in 9145 m Höhe
**max. Flughöhe:** 12 800 m
**Reichweite:** 6820 km
**Besatzung:** 13 Mann
**Nutzlast:** 256-400 Passagiere

88

**Flugzeugtyp:** Ilyushin Il-86 (UdSSR)
**Konstrukteur:** Staatliche Industrie
**Typ:** Verkehrsflugzeug
**Motor:** 4 Solowjow D-30KP Strahltriebwerke mit je 12 000 kp Schub
**Flügelspannweite:** 48,33 m
**Flugzeuglänge:** 58,50 m
**Flugzeughöhe:** 15,68 m
**Startgewicht:** 188 000 kg
**Fluggeschwindigkeit:** 950 km/h in 11 000 m Höhe
**max. Flughöhe:** 11 000 m
**Reichweite:** 3600 km
**Besatzung:** 8-10 Mann
**Nutzlast:** 350 Passagiere

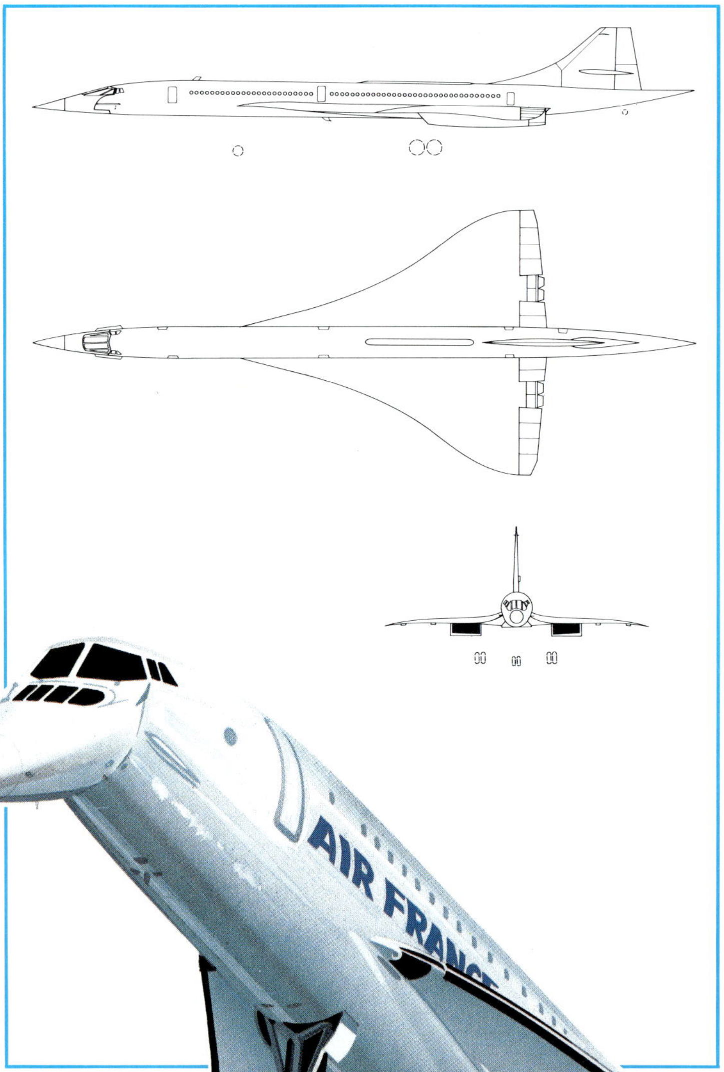

89

90

91

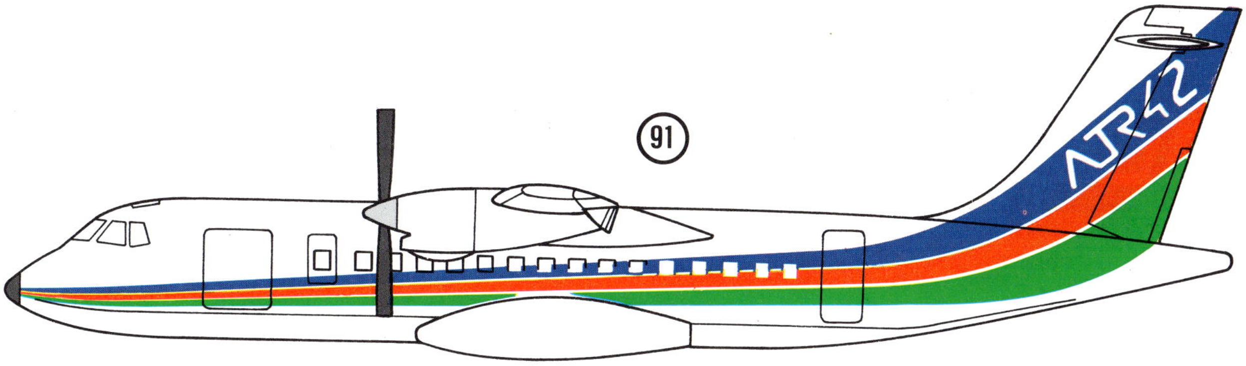


(89)

**Flugzeugtyp:** BAC-Aérospatial Concorde (Internationales Konsortium: F-GB)
**Konstrukteur:** BAC-Aérospatiale
**Typ:** Verkehrsflugzeug
**Motor:** 4 Rolls-Royce SNECMA Olympus 593 Mk.610 Strahltriebwerke mit je 17 260 kp Schub
**Flügelspannweite:** 25,56 m
**Flugzeuglänge:** 62,10 m
**Flugzeughöhe:** 11,40 m
**Startgewicht:** 185 065 kg
**Fluggeschwindigkeit:** 2179 km/h in 15 635 m Höhe
**max. Flughöhe:** 18 290 m
**Reichweite:** 6580 km
**Besatzung:** 8 Mann
**Nutzlast:** 144 Passagiere

(90)

**Flugzeugtyp:** Airbus A.320 (Internationales Konsortium: F-D-GB-E)
**Konstrukteur:** Airbus Industrie
**Typ:** Verkehrsflugzeug
**Motor:** zwei CFM 56–4 Mantelstrom-Triebwerke mit 10 500 kp Schub
**Flügelspannweite:** 33,90 m
**Flugzeuglänge:** 36,80 m
**Flugzeughöhe:** 11,80 m
**Startgewicht:** 64 000 kg
**Fluggeschwindigkeit:** 800 km/h
**Reichweite:** 3340 km
**Besatzung:** 8 Mann
**Nutzlast:** 179 Passagiere

(91)

**Flugzeugtyp:** Aérospatiale ATR-42 (Internationales Konsortium: I-F)
**Konstrukteur:** Aeritalia/Aérospatiale
**Typ:** Verkehrsflugzeug
**Motor:** zwei 1800-PS Pratt & Whitney PW 120 Turboproptriebwerke
**Flügelspannweite:** 24,57 m
**Flugzeuglänge:** 22,70 m
**Flugzeughöhe:** 7,95 m
**Startgewicht:** 14 715 kg
**Fluggeschwindigkeit:** 513 km/h
**max. Flughöhe:** 7620 m
**Reichweite:** 1300 km
**Besatzung:** 3 Mann
**Nutzlast:** 42 Passagiere

## Embleme der Zivilluftfahrtgesellschaften aus aller Welt

Icelandair

Scandinavian Airlines System

Scanair

Transair Sweden

Air France

Air Littoral

Air Inter

Air Alpes

Condor Flugdienst

Lufttransport-Unternehmen

Bavaria Germanair

Interflug

LOT – Polski Linie Lotnicze

Aviaco-Aviacion Y Comercio

Alitalia – Linee Aeree Italiane

Aero Trasporti Italiani

Air Malta

Egyptair

Air Mali

Air Niger

Sudan Airways

Air Zaire

Air Tanzania

Air Kenya

TAAG – Linhas Aéreas de Angola

Zambia Airways

MEA – Middle East Airlines Air Liban

Trans Mediterranean Airways

Syrian Arab Airlines

Iraqi Airways

Finnair O/Y

Aeroflot

Airlanka

MIAT
Air Mongol

Touraine Air Transport

Union de Transports
Aériens

Sabena-
Belgian World Airlines

Air-India

Indian Airways

Ceskoslovenske Aerolinie

Swissair

Cathay Pacific Airways

China Airlines

Jugoslovenski Aerotransport

Inex Adria Airways

Sobelair – Société Belge
de Transports Par Air

Trans European Airways

Ethiopian Airlines

Air-Guinnée

Balair

Crossair

Air Malawi

LAM
Lineas Aereas de Mocambique

Aer Lingus
Irish Airlines

British Airways

Air UK

El Al Israel Airlines

Arkia
Israel Inland Airways

CAAC – Civil Aviation Administration of China

Britannia Airways

British Caledonian Airways

Laker Airways

Dan-Air Services

Monarch Airlines

Sterling Airways A/S

Luxair

Koninklijke Luchtvaart Maatschapij NV

Martinair Holland

Transavia Holland

Lufthansa

Austrian Airlines

TAROM – Transporturite Aeriene Romane

TAP – Transportes Aereos Portugueses

Iberia

Spantax Trasportes Aereos

Royal Air Maroc

Air Algerie

Tunis Air

Libyan Arab Airlines

Ghana Airways

Nigeria Airways

Cameroon Airlines

Air Gabon

South African Airways

Safair Freighters

Cyprus Airways

Turk Hava Yollari

Aviogenex

Olympic Airways

Balkan Bulgarian Airlines

Air Afrique

Air Ivoire

Kuwait Airways

Gulf Air

Yemenia

Iran Air

PIA
Pakistan International Airlines

Japan Air Lines

All Nippon Airways

Japan Asia Airways

TDA – Domestic Airlines

Southwest Air Lines

Viacao Aérea Sao Paulo

Transbrasil S/A
Linhas Aereas

Rio-Sul

LADECO
Linea Aerea del Cobre

Lan Chile

East-West Airlines

Ansett Airlines of Australia

Trans-Australia Airlines

Polynesian Airlines

Royal Brunei Airlines

Garuda
Indonesian Airways

Air Canada

CP Air
Canadian Pacific Airlines

Quebecair

Aspen Airways

Southern Airways

Aeromexico

Mexicana

Dominicana

Caribbean Airways

Aerovias Nacionales de Colombia

Aerocondor
Aerovias Condor de Colombia

Cochise Airlines

Evergreen International Airlines

Rio Airways

Sierra Pacific Airlines

Aloha Airlines

Sea Airmotive

Zantop International Airlines

Trans Continental Airlines

Air Florida

Republic Airlines

SAHSA
Servicio Aereo de Honduras SA

Aviateca
Aerolineas de Guatemala

Hughes Airwest

Hawaiian Airlines

Venezolana International
de Aviacion SA

Lloyd Aereo Boliviano

Continental Airlines

USAIR

Capitol International Airways

Eastern Air Lines

Delta Air Lines

Aerolineas Argentinas

Austral Lineas Aereas

Alia-Royal Jordanian
Airlines

Saudia

Air New Zealand

IATA – International Air
Transport Association

China Airlines

Korean Air Lines

National Airlines

Alaska Internacional Air

Air California

Aeroamerica

Seabord
World Airlines

Wien Air Alaska

Western Airlines

Texas International Airlines

Piedmont Airlines

Ozark Air Lines

Golden West Airlines

Alaska Airlines

Frontier Airlines

Federal Express

Air Panama Internacional

Empresa Consolidada Cubana de Aviacion

Bahamasair

Air Jamaica

British West India Airways

AeroPeru

Cruzeiro do Sul

VOTEC
Servicos Aéreos Regionais

VARIG – Viacao Aérea
Rio Gradense

Air Niugini

Talair TPY

Surinam Airways

Qantas Airways

Burma Airways

Thai Airways International

Thai Airways

MAS
Malaysian Airlines System

PAL
Philippine Airlines

Pacific Southwest Airlines

Northwest Orient

Royal Nepal Airlines

Bangladesh Biman

SMB Stage Line

World Airways

Wardair International

Nordair

Transamerica Airlines

Aeromech Airlines

Direccao de Exploracao
dos Transportes Aéreos

Air Madagascar

Belize Airlines

Lineas Aereas Costaricenses

Sterling Philippine Airways

SIA
Singapore Airlines

Ecuatoriana

Antilles Air Boats

Braniff International

Flying Tiger Line

PLUNA Primeras Lineas Uruguayas
de Navegacion Aérea

Air Calédonie

Okanagan Helicopters

Trans World Airlines

Pan American World Airways

American Airlines

United Airlines

# Hubschrauber

92

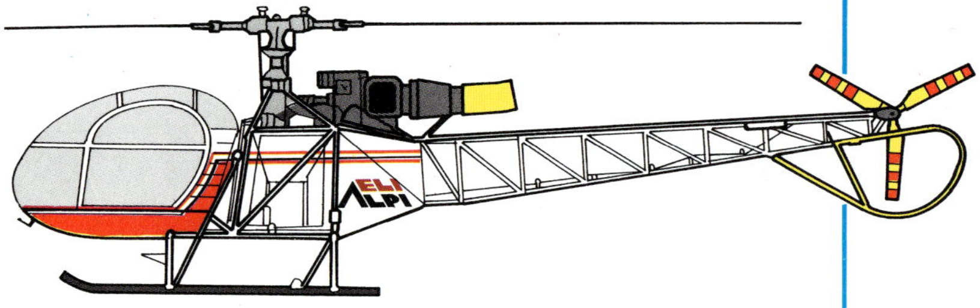


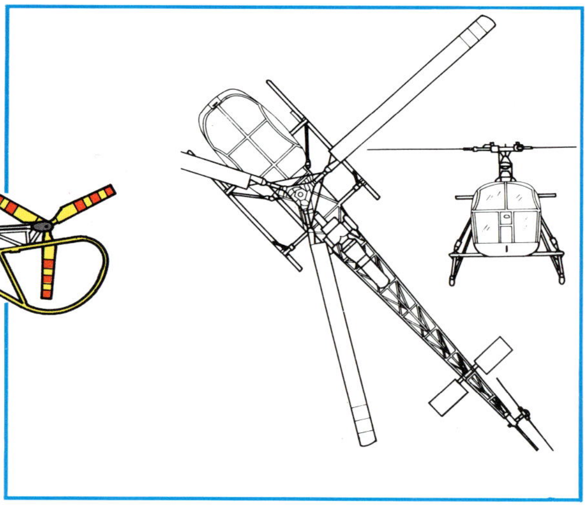

93

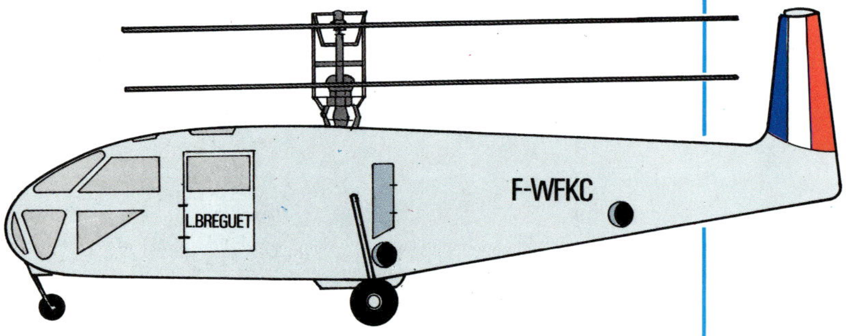


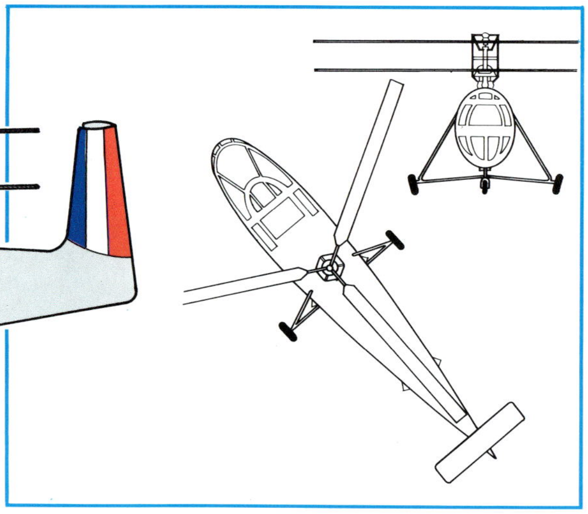

94

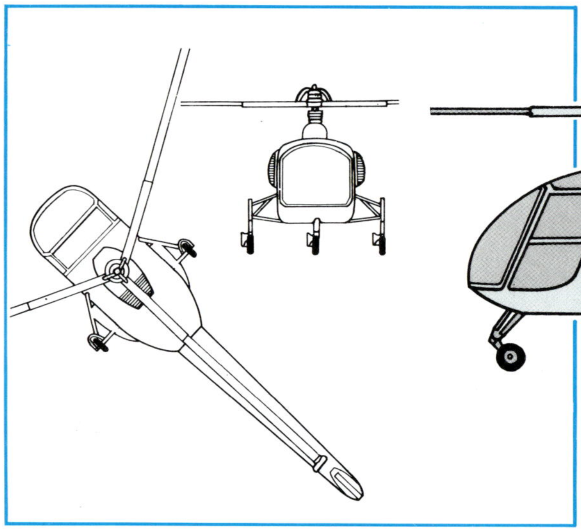

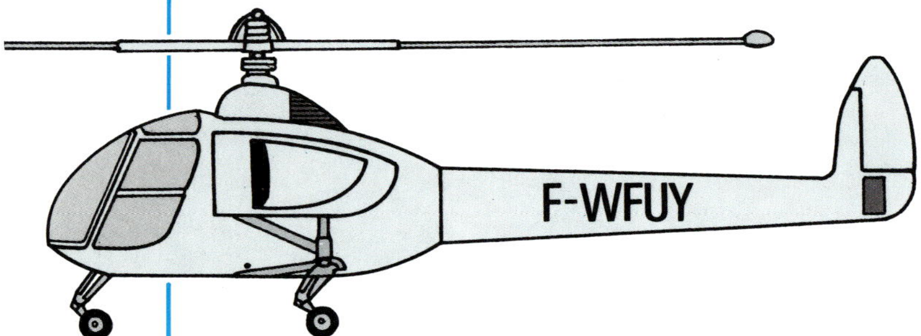

95

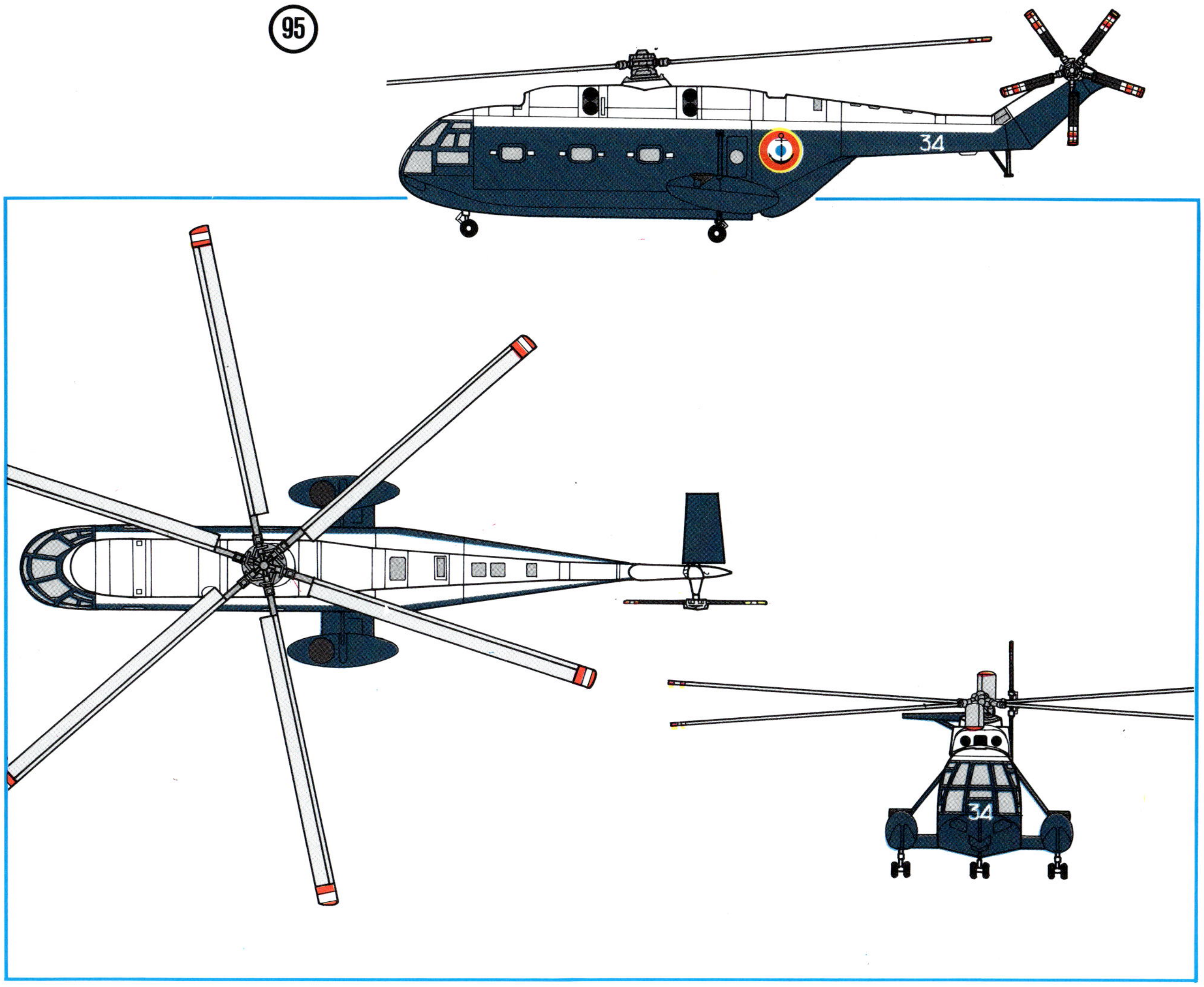


92

**Hubschraubertyp:** SA. 315B Lama (F)
**Konstrukteur:** Sud-Aviation/Aérospatiale
**Typ:** Mehrzweckhubschrauber
**Motor:** 870-PS Turboméca Artouste IIIB
**Rotordurchmesser:** 11,02 m
**Rumpflänge:** 10,26 m
**Gesamtlänge:** 12,92 m
**Hubschrauberhöhe:** 3,09 m
**Leergewicht:** 995 kg
**Gesamtgewicht:** 1950 kg
**Höchstgeschwindigkeit:** 210 km/h
**Gipfelhöhe mit Bodeneffekt:** 3750 m
**praktische Gipfelhöhe:** 4000 m
**Reichweite:** 510 km
**Nutzlast:** 3 Personen

93

**Hubschraubertyp:** Bréguet G.IIE Gyroplane (F)
**Konstrukteur:** Société Anonyme Avions Louis Bréguet
**Typ:** viersitziger Testhubschrauber
**Motor:** 450-PS Pratt & Whitney R.985
**Rotordurchmesser:** 9,60 m
**Gesamtlänge:** 9,70 m
**Hubschrauberhöhe:** 4,24 m
**Leergewicht:** 1473 kg
**Gesamtgewicht:** 2100 kg
**Höchstgeschwindigkeit:** 215 km/h
**Gipfelhöhe mit Bodeneffekt:** 1600 m
**praktische Gipfelhöhe:** 4600 m
**Reichweite:** 470 km
**Nutzlast:** 1 Pilot + 4 Passagiere

94

**Hubschraubertyp:** SO.1110 Ariel (F)
**Konstrukteur:** S.N.C.A.S.O.
**Typ:** Testhubschrauber
**Motor:** 220-PS Turboméca Artouste
**Rotordurchmesser:** 10,80 m
**Rumpflänge:** 7,15 m
**Leergewicht:** 725 kg
**Gesamtgewicht:** 1080 kg
**Höchstgeschwindigkeit:** 170 km/h
**Gipfelhöhe mit Bodeneffekt:** 2900 m
**Reichweite:** 300 km
**Nutzlast:** 2 Personen

95

**Hubschraubertyp:** SA.321G Super Frelon (F)
**Konstrukteur:** Sud-Aviation/Aérospatiale
**Typ:** Mehrzweckhubschrauber
**Motor:** drei 1550-PS Turboméca Turmo IIIC
**Rotordurchmesser:** 18,90 m
**Rumpflänge:** 19,40 m
**Gesamtlänge:** 23,03 m
**Hubschrauberhöhe:** 6,66 m
**Leergewicht:** 6640 kg
**Gesamtgewicht:** 22 500 kg
**Höchstgeschwindigkeit:** 240 km/h
**praktische Gipfelhöhe:** 3500 m
**Reichweite:** 920 km

96

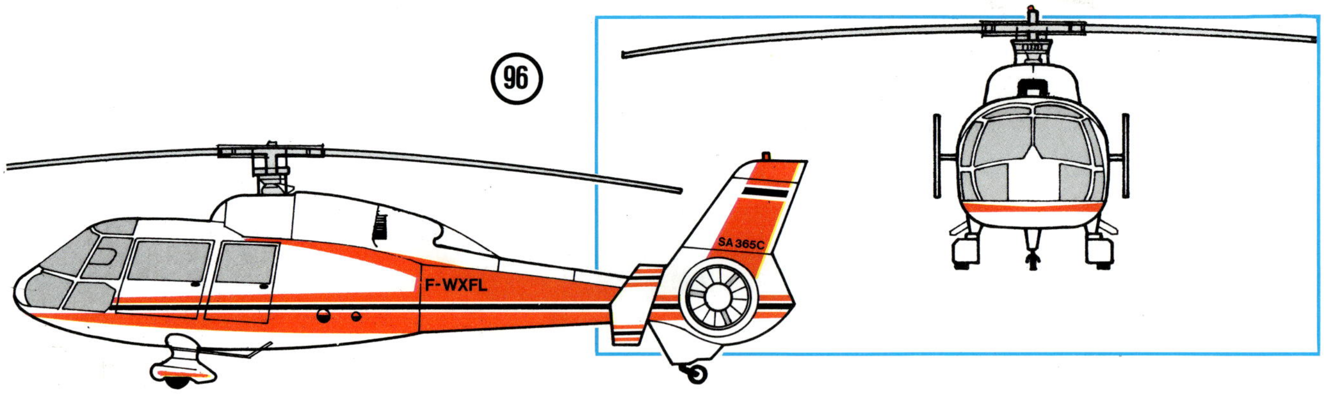


97

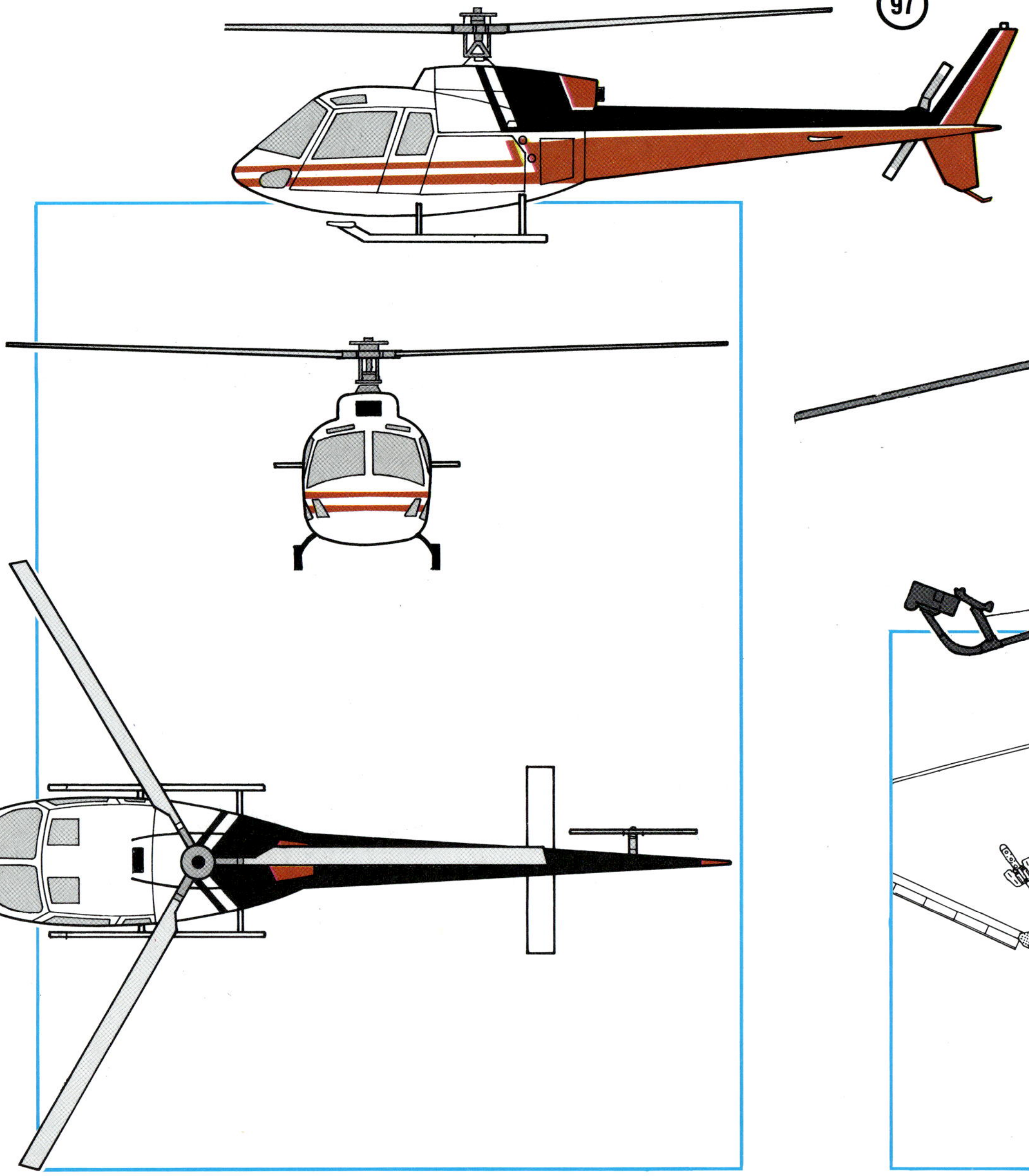

98

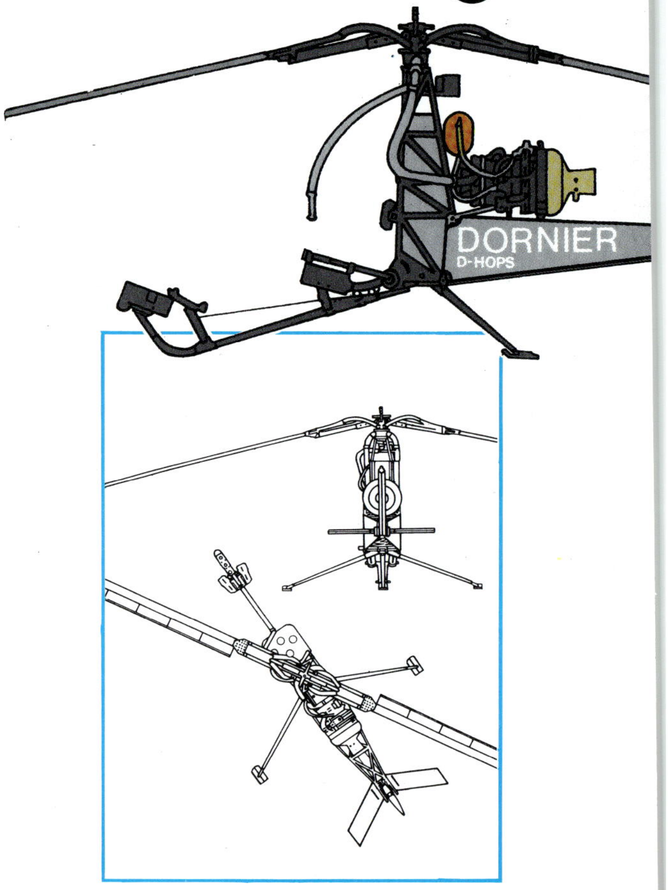

99

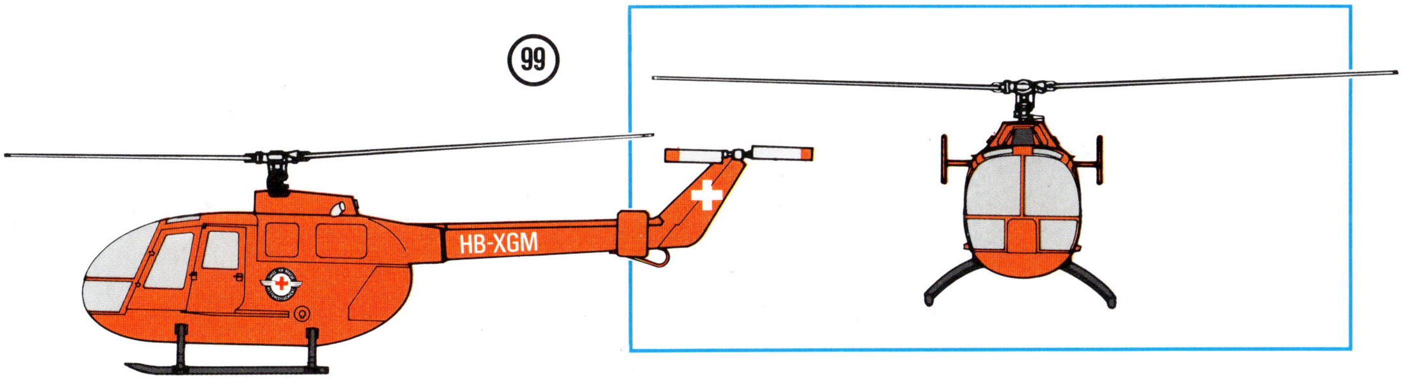


100

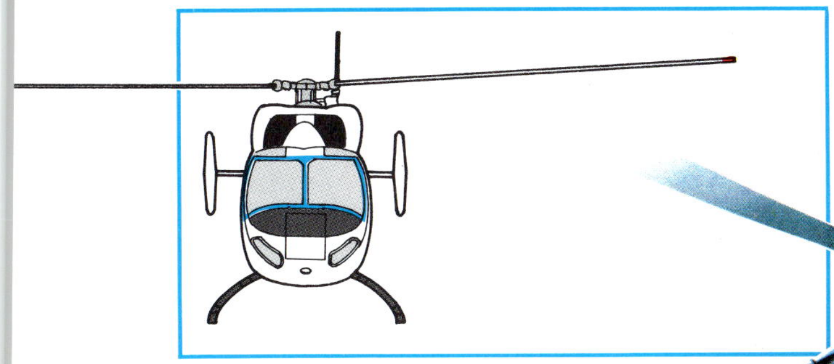

(96)

**Hubschraubertyp:** SA.365C Dauphin 2 (F)
**Konstrukteur:** Aérospatiale
**Typ:** Mehrzweck-/Transporthubschrauber
**Motor:** zwei 650-PS Turboméca Ariel 1C
**Rotordurchmesser:** 13,29 m
**Rumpflänge:** 11,41 m
**Gesamtlänge:** 13,20 m
**Hubschrauberhöhe:** 4,00 m
**Leergewicht:** 1823 kg
**Gesamtgewicht:** 3400 kg
**Höchstgeschwindigkeit:** 280 km/h
**Gipfelhöhe mit Bodeneffekt:** 4575 m
**praktische Gipfelhöhe:** 4900 m
**Reichweite:** 580 km
**Nutzlast:** 8 Personen

(97)

**Hubschraubertyp:** AS.350 Ecureuil I (F)
**Konstrukteur:** Aérospatiale
**Typ:** Leichttransporter
**Motor:** 600-PS Turboméca Ariel
**Rotordurchmesser:** 10,69 m
**Rumpflänge:** 10,91 m
**Gesamtlänge:** 12,99 m
**Hubschrauberhöhe:** 3,08 m
**Leergewicht:** 1027 kg
**Gesamtgewicht:** 1900 kg
**Höchstgeschwindigkeit:** 272 km/h
**Gipfelhöhe mit Bodeneffekt:** 4050 m
**praktische Gipfelhöhe:** 5800 m
**Reichweite:** 750 km
**Nutzlast:** 1 Pilot + 5 Passagiere

(98)

**Hubschraubertyp:** Dornier Do.32 (D)
**Konstrukteur:** Dornier-Werke
**Typ:** Testhubschrauber
**Motor:** 100-PS BMW 6.012
**Rotordurchmesser:** 7,50 m
**Rumpflänge:** 3,20 m
**Gesamtlänge:** 3,70 m
**Hubschrauberhöhe:** 1,89 m
**Leergewicht:** 151 kg
**Gesamtgewicht:** 270 kg
**Höchstgeschwindigkeit:** 120 km/h
**praktische Gipfelhöhe:** 5000 m
**Reichweite:** 80 km

(99)

**Hubschraubertyp:** Bölkow Bo.105C (D)
**Konstrukteur:** MBB
**Typ:** Mehrzweckhubschrauber
**Motor:** zwei 406-PS Allison 250-C20
**Rotordurchmesser:** 9,82 m
**Rumpflänge:** 8,55 m
**Gesamtlänge:** 11,86 m
**Hubschrauberhöhe:** 2,98 m
**Leergewicht:** 1110 kg
**Gesamtgewicht:** 2300 kg
**Höchstgeschwindigkeit:** 270 km/h
**Gipfelhöhe mit Bodeneffekt:** 2715 m
**praktische Gipfelhöhe:** 5030 m
**Reichweite:** 656 km
**Nutzlast:** 4-5 Personen

(100)

**Hubschraubertyp:** BK-117 (D)
**Konstrukteur:** MBB/Kawasaki
**Typ:** Mehrzweckhubschrauber
**Motor:** zwei 600-PS Avco Lycoming LTS-101
**Rotordurchmesser:** 11,00 m
**Rumpflänge:** 9,88 m

(101)

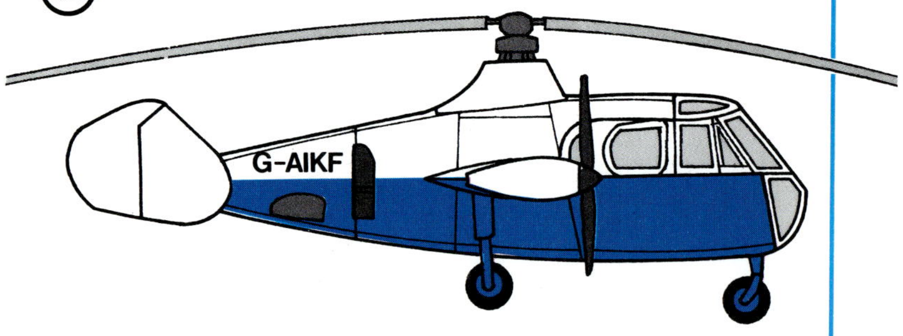


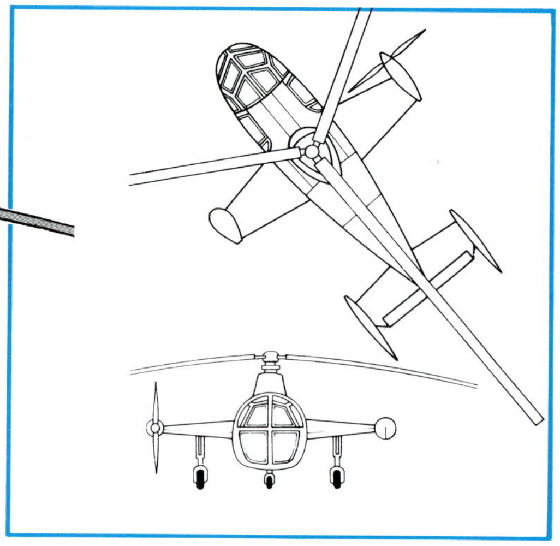

(102)

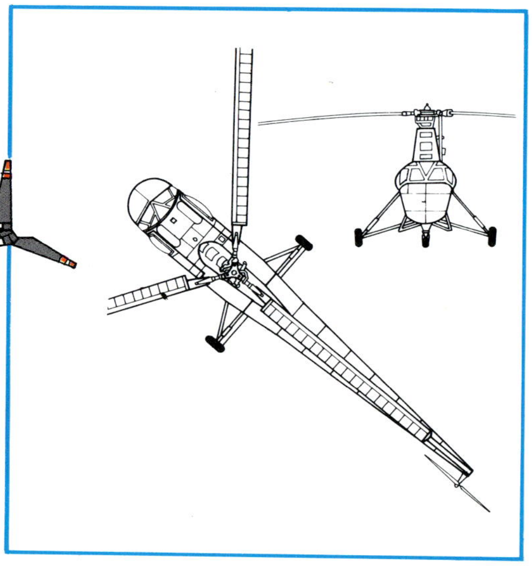

(103)

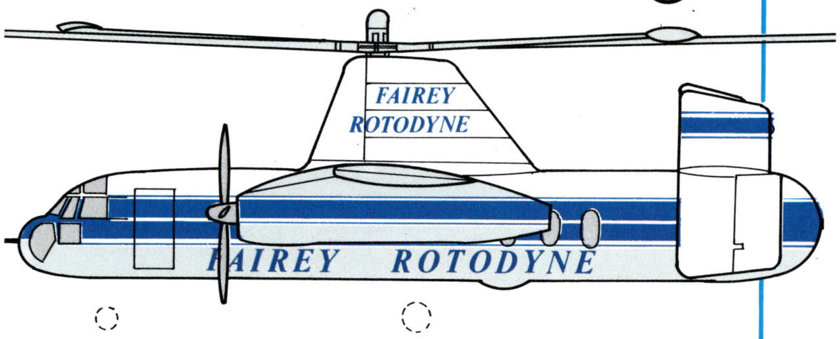


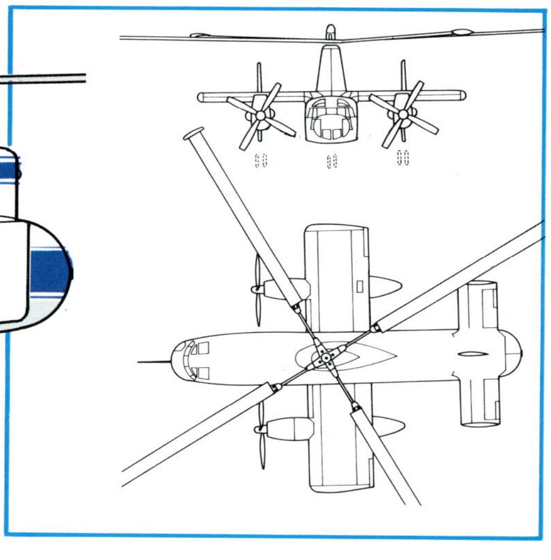

**Hubschrauberhöhe:** 3,84 m
**Leergewicht:** 1520 kg
**Gesamtgewicht:** 2800 kg
**Höchstgeschwindigkeit:** 264 km/h
**Reichweite:** 545 km
**Nutzlast:** 9 Personen

(101)
**Hubschraubertyp:** Fairey Gyrodyne (GB)
**Konstrukteur:** Fairey Aviation
**Typ:** viersitziger Testhubschrauber
**Motor:** 525-PS Alvis Leonides

104

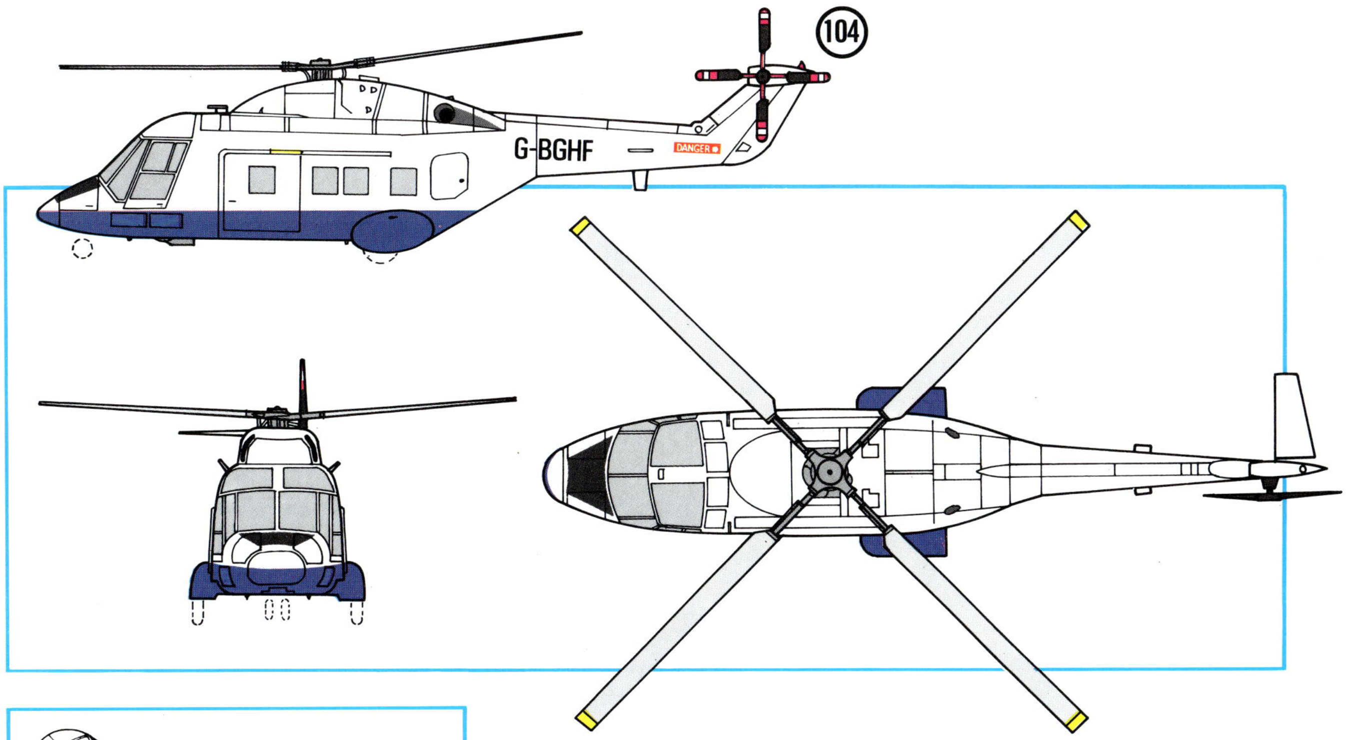


105

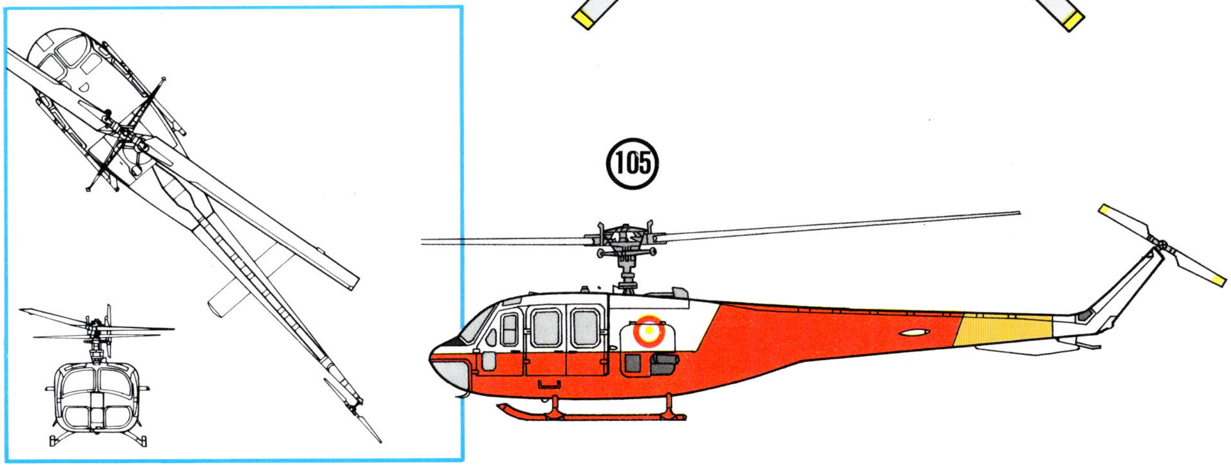

**Rotordurchmesser:** 15,60 m
**Rumpflänge:** 5,85 m
**Hubschrauberhöhe:** 3,20 m
**Leergewicht:** 1570 kg
**Gesamtgewicht:** 2185 kg
**Höchstgeschwindigkeit:** 200 km/h
**Gipfelhöhe mit Bodeneffekt:** 1305 m
**praktische Gipfelhöhe:** 3050 m
**Reichweite:** 400 km

(102)

**Hubschraubertyp:** Westland Widgeon (GB)
**Konstrukteur:** Westland Aircraft
**Typ:** Mehrzweckhubschrauber
**Motor:** 500-PS Alvis Leonides
**Rotordurchmesser:** 14,99 m
**Rumpflänge:** 12,44 m
**Hubschrauberhöhe:** 4,04 m
**Leergewicht:** 2007 kg
**Gesamtgewicht:** 2676 kg
**Höchstgeschwindigkeit:** 167 km/h
**Gipfelhöhe mit Bodeneffekt:** 1525 m
**praktische Gipfelhöhe:** 3100 m
**Reichweite:** 500 km
**Nutzlast:** 4 Personen

(103)

**Hubschraubertyp:** Fairey Rotodyne (GB)
**Konstrukteur:** Fairey Aviation
**Typ:** Transporthubschrauber
**Motor:** zwei 3000-PS Napier Eland-Turbinen
**Rotordurchmesser:** 31,72 m
**Rumpflänge:** 19,67 m
**Hubschrauberhöhe:** 7,06 m
**Gesamtgewicht:** 14 968 kg
**Höchstgeschwindigkeit:** 307 km/h
**Reichweite:** 720 km
**Nutzlast:** 40 Personen

(104)

**Hubschraubertyp:** Westland WG-30 (GB)
**Konstrukteur:** Westland Helicopters
**Typ:** Transporthubschrauber
**Motor:** zwei 1060-PS Rolls-Royce Gem 41–1
**Rotordurchmesser:** 13,31 m
**Rumpflänge:** 14,33 m
**Gesamtlänge:** 15,90 m
**Hubschrauberhöhe:** 4,30 m
**Leergewicht:** 2914 kg
**Gesamtgewicht:** 5330 kg
**Höchstgeschwindigkeit:** 250 km/h
**Gipfelhöhe mit Bodeneffekt:** 2195 m
**Reichweite:** 685 km
**Nutzlast:** 2 Piloten + 17-22 Passagiere

(105)

**Hubschraubertyp:** Agusta A.102 (I)
**Konstrukteur:** Costruz. Aeron. G. Agusta
**Typ:** Leichttransporter
**Motor:** 600-PS Pratt & Whitney R-1340
**Rotordurchmesser:** 14,50 m
**Rumpflänge:** 12,60 m
**Gesamtlänge:** 17,92 m
**Hubschrauberhöhe:** 3,23 m
**Leergewicht:** 1800 kg
**Gesamtgewicht:** 2725 kg
**Höchstgeschwindigkeit:** 177 km/h
**praktische Gipfelhöhe:** 3900 m
**Reichweite:** 400 km

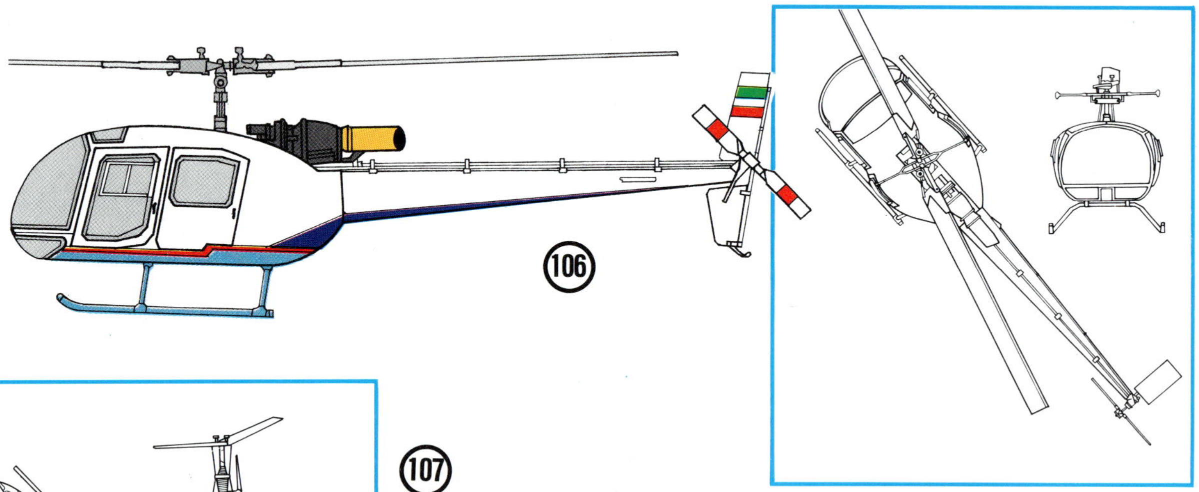

(106)

(107)

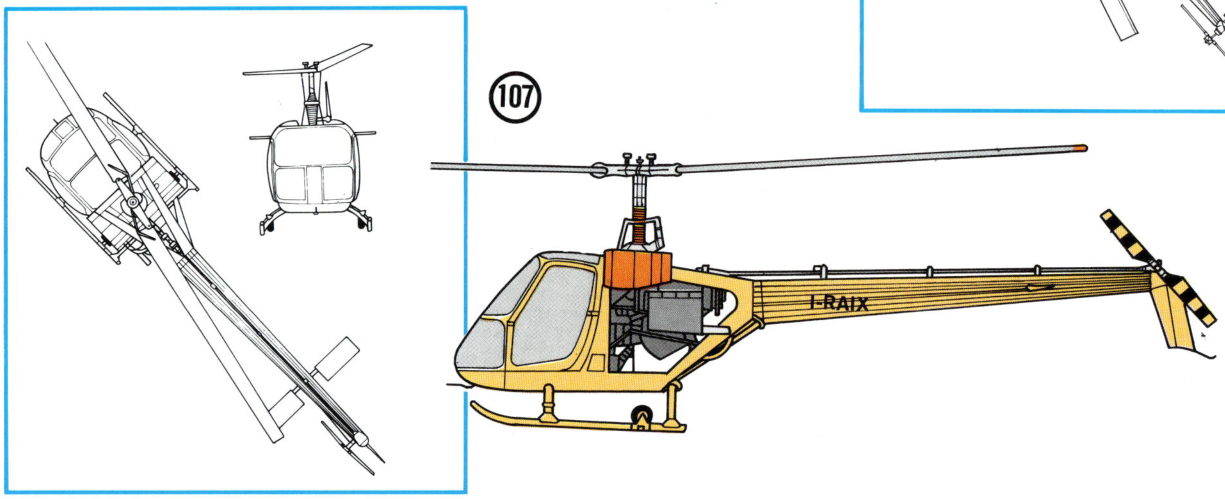


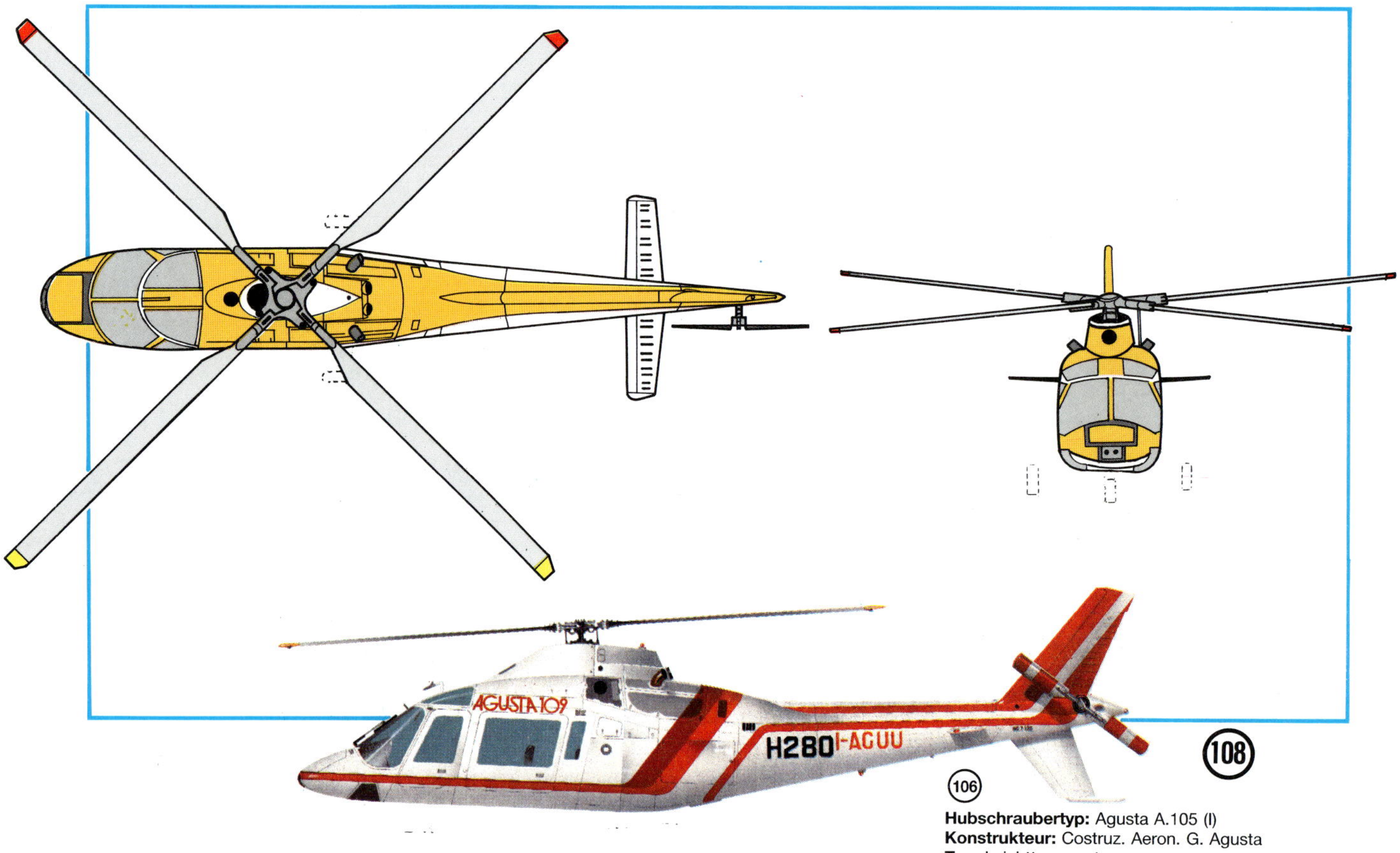


(108)

(106)

**Hubschraubertyp:** Agusta A.105 (I)
**Konstrukteur:** Costruz. Aeron. G. Agusta
**Typ:** Leichttransporter

(109)

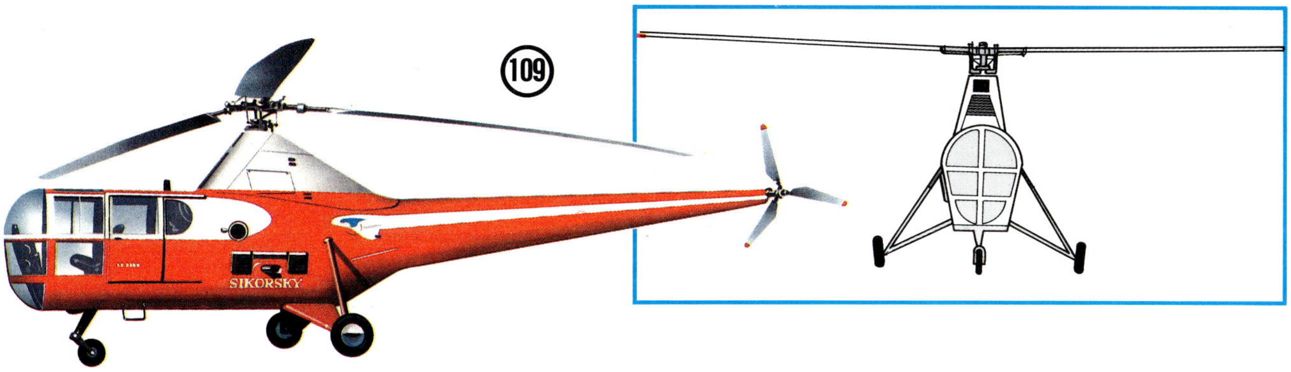


(110)

**Motor:** 350-PS Turboméca-Agusta TY-230
**Rotordurchmesser:** 9,00 m
**Hubschrauberhöhe:** 2,60 m
**Leergewicht:** 485 kg
**Gesamtgewicht:** 1000 kg
**Höchstgeschwindigkeit:** 210 km/h
**praktische Gipfelhöhe:** 4750 m
**Reichweite:** 320 km
**Nutzlast:** 1 Pilot + 1 Passagier

(107)

**Hubschraubertyp:** Silvercraft SH-4 (I)
**Konstrukteur:** Silvercraft
**Typ:** Leichter Mehrzweckhubschrauber
**Motor:** 235-PS Franklin 6A-350
**Rotordurchmesser:** 9,03 m
**Rumpflänge:** 7,65 m
**Gesamtlänge:** 10,47 m
**Hubschrauberhöhe:** 2,98 m
**Leergewicht:** 518 kg
**Gesamtgewicht:** 862 kg
**Höchstgeschwindigkeit:** 161 km/h
**Gipfelhöhe mit Bodeneffekt:** 3000 m
**praktische Gipfelhöhe:** 4600 m
**Reichweite:** 320 km

(108)

**Hubschraubertyp:** Agusta A.109A (I)
**Konstrukteur:** Costruz. Aeron. G. Agusta
**Typ:** Leichttransporter
**Motor:** zwei 420-PS Allison 250-C20B
**Rotordurchmesser:** 11,00 m
**Rumpflänge:** 11,16 m
**Gesamtlänge:** 13,08 m
**Hubschrauberhöhe:** 3,32 m
**Leergewicht:** 1360 kg
**Gesamtgewicht:** 2450 kg
**Höchstgeschwindigkeit:** 310 km/h
**Gipfelhöhe mit Bodeneffekt:** 3050 m
**praktische Gipfelhöhe:** 4572 m
**Reichweite:** 570 km
**Nutzlast:** 2 Piloten + 5/6 Passagiere

(109)

**Hubschraubertyp:** Sikorsky S-51 (USA)
**Konstrukteur:** Sikorsky Aircraft
**Typ:** Leichttransporter
**Motor:** 450-PS Pratt & Whitney R-95AN-5 Wasp Junior
**Rotordurchmesser:** 14,94 m
**Rumpflänge:** 12,85 m
**Gesamtlänge:** 13,70 m
**Hubschrauberhöhe:** 3,95 m
**Leergewicht:** 1720 kg
**Gesamtgewicht:** 2263 kg
**Höchstgeschwindigkeit:** 166 km/h
**Reichweite:** 480 km
**Nutzlast:** 1 Pilot + 3 Passagiere

(110)

**Hubschraubertyp:** Sikorsky S-55 (H-19C) (USA)
**Konstrukteur:** Sikorsky Aircraft
**Typ:** Transport- und Mehrzweckhubschrauber
**Motor:** 608-PS Pratt & Whitney R-1340-57
**Rotordurchmesser:** 16,16 m
**Rumpflänge:** 12,85 m
**Gesamtlänge:** 19,07 m
**Hubschrauberhöhe:** 4,07 m
**Leergewicht:** 2173 kg
**Gesamtgewicht:** 3102 kg
**Höchstgeschwindigkeit:** 162 km/h
**Gipfelhöhe mit Bodeneffekt:** 1950 m
**praktische Gipfelhöhe:** 3218 m
**Reichweite:** 650 km
**Nutzlast:** 10 Personen

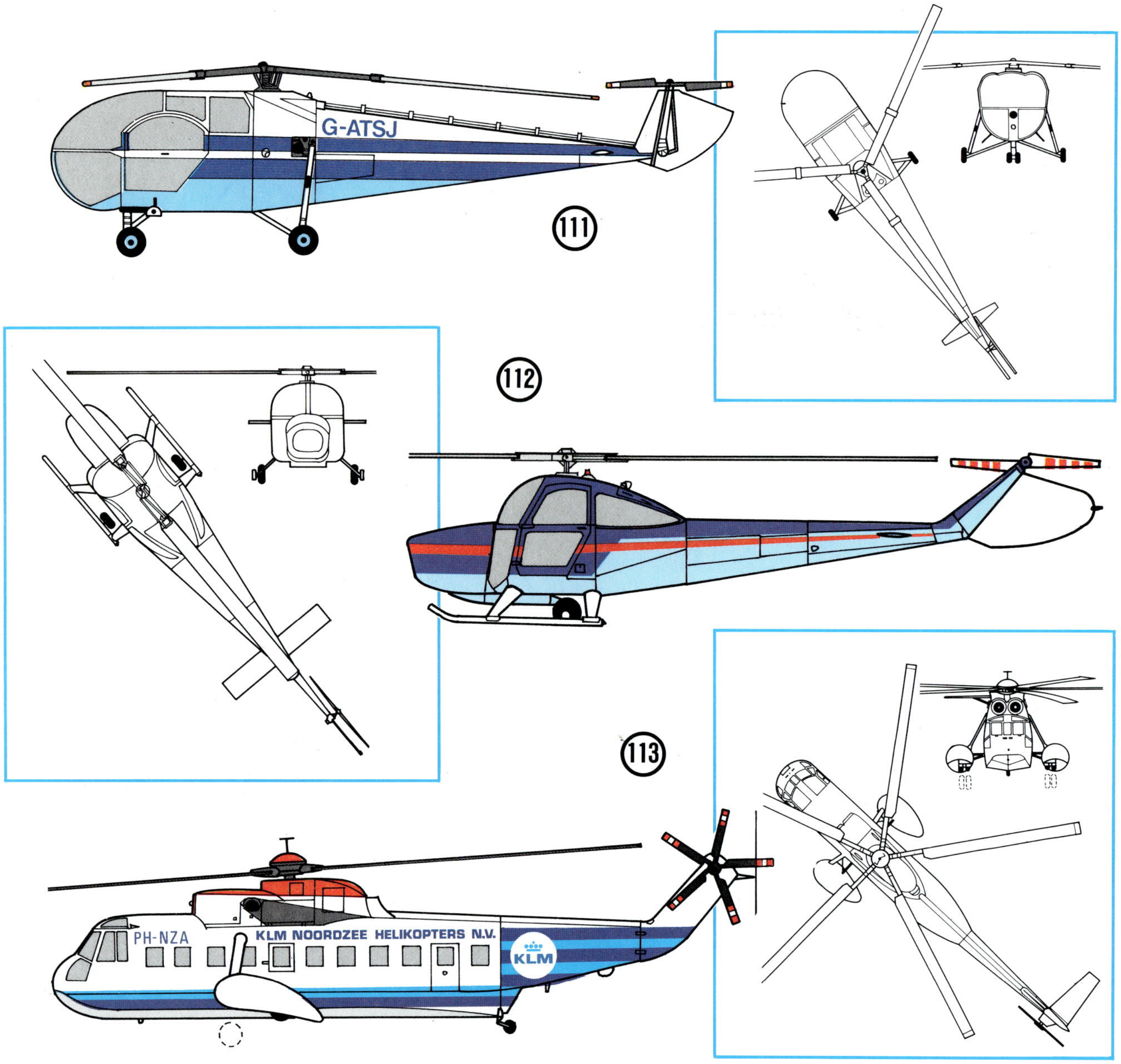


(111)

**Hubschraubertyp:** Brantly B-305 (USA)
**Konstrukteur:** Brantly Helicopter Corporation
**Typ:** Exekutivhubschrauber
**Motor:** 305-PS Lycoming IVO-540-A1A
**Rotordurchmesser:** 8,74 m
**Rumpflänge:** 7,44 m
**Gesamtlänge:** 10,03 m
**Hubschrauberhöhe:** 2,44 m
**Leergewicht:** 817 kg
**Gesamtgewicht:** 1315 kg
**Höchstgeschwindigkeit:** 193 km/h
**Gipfelhöhe mit Bodeneffekt:** 1245 m
**Reichweite:** 354 km
**Nutzlast:** 5 Personen

(112)

**Hubschraubertyp:** Cessna CH-1B (USA)
**Konstrukteur:** Cessna Aircraft Co.
**Typ:** Exekutivtransporter
**Motor:** 260-PS Continental FSO-52655
**Rotordurchmesser:** 10,67 m
**Gesamtlänge:** 13,00 m
**Hubschrauberhöhe:** 2,56 m
**Leergewicht:** 943 kg
**Gesamtgewicht:** 1406 kg
**Höchstgeschwindigkeit:** 196 km/h
**Gipfelhöhe mit Bodeneffekt:** 2925 m
**praktische Gipfelhöhe:** 3720 m
**Reichweite:** 500 km
**Nutzlast:** 1 Pilot + 3 Passagiere

(113)

**Hubschraubertyp:** Sikorsky S-61N (USA)
**Konstrukteur:** Sikorsky Aircraft
**Typ:** Amphibientransporter
**Motor:** zwei 1500-PS General Electric TC-58-140
**Rotordurchmesser:** 18,90 m
**Rumpflänge:** 20,20 m
**Gesamtlänge:** 22,00 m
**Hubschrauberhöhe:** 5,63 m
**Leergewicht:** 6012 kg
**Gesamtgewicht:** 10 002 kg
**Höchstgeschwindigkeit:** 261 km/h
**Reichweite:** 800 km
**Nutzlast:** 2 Piloten + 28 Passagiere

(114)

**Hubschraubertyp:** Fairchild Hiller Model FH-1100 (USA)
**Konstrukteur:** Fairchild Hiller Corporation
**Typ:** Leichttransporter
**Motor:** 317-PS Allison 250-C18
**Rotordurchmesser:** 10,79 m
**Rumpflänge:** 9,08 m
**Gesamtlänge:** 12,13 m
**Hubschrauberhöhe:** 2,83 m
**Leergewicht:** 633 kg
**Gesamtgewicht:** 1247 kg
**Höchstgeschwindigkeit:** 204 km/h
**praktische Gipfelhöhe:** 4325 m
**Reichweite:** 560 km
**Nutzlast:** 1 Pilot + 3 Passagiere

(115)

**Hubschraubertyp:** Enstrom F-280 (USA)
**Konstrukteur:** Enstrom Helicopter Corp.
**Typ:** Leichttransporter
**Motor:** 250-PS Lycoming H10–360
**Rotordurchmesser:** 10,36 m
**Gesamtlänge:** 9,86 m

114

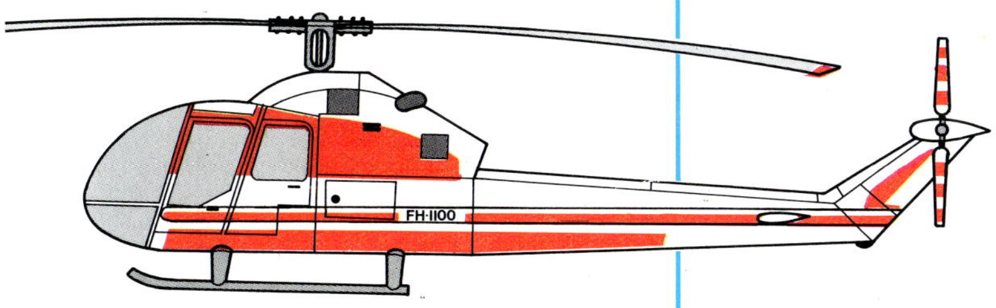


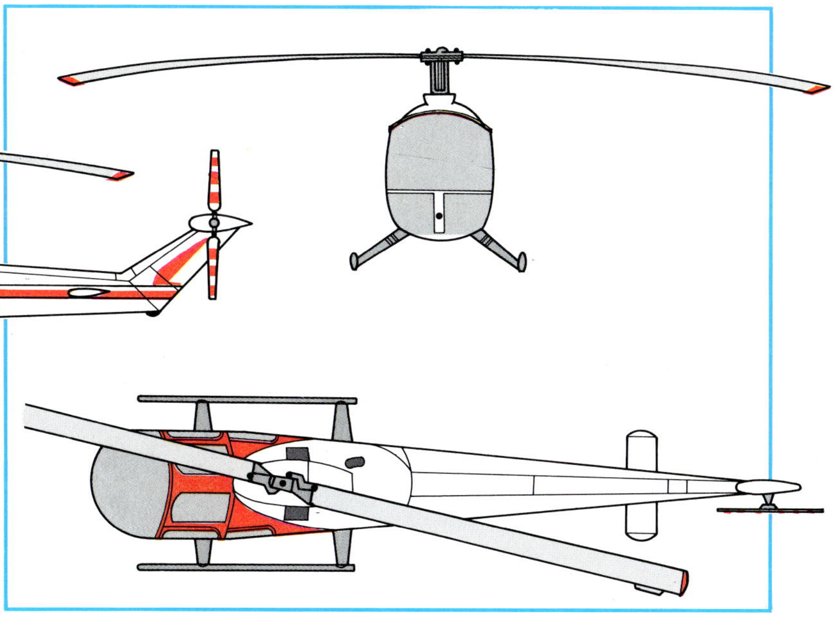

115

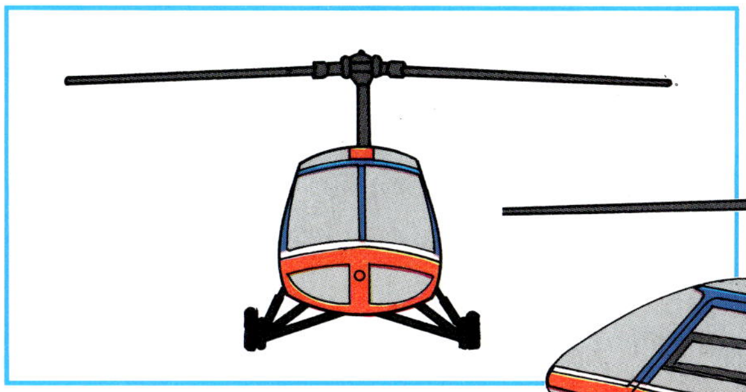

116

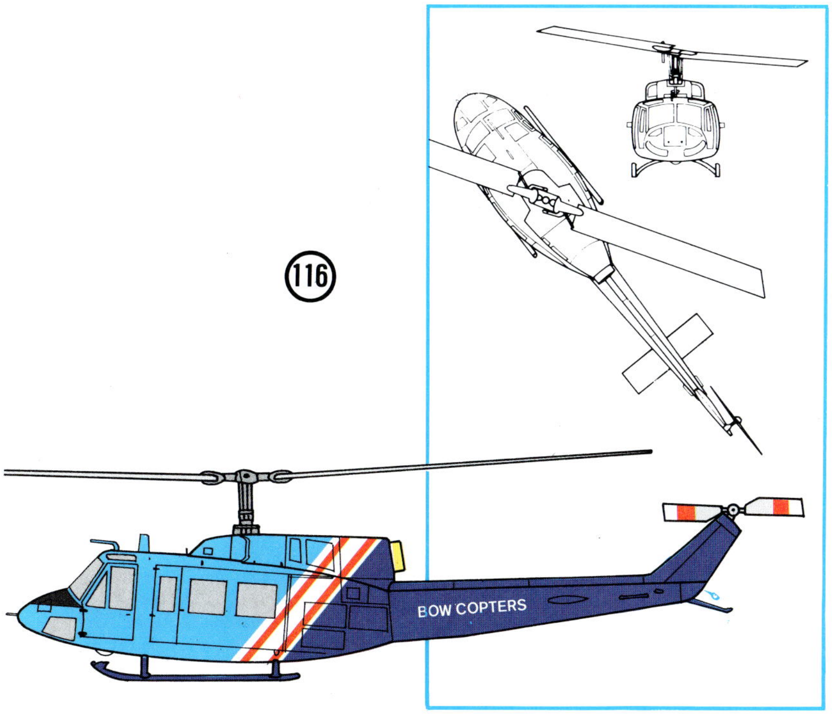


**Hubschrauberhöhe:** 2,79 m
**Leergewicht:** 708 kg
**Gesamtgewicht:** 1179 kg
**Höchstgeschwindigkeit:** 193 km/h
**Gipfelhöhe mit Bodeneffekt:** 3110 m
**praktische Gipfelhöhe:** 3660 m
**Reichweite:** 488 km
**Nutzlast:** 1 Pilot + 3 Passagiere

(116)

**Hubschraubertyp:** Bell Model 214B (USA)
**Konstrukteur:** Bell Helicopter Company
**Typ:** Verkehrshubschrauber
**Motor:** 2930-PS Lycoming T550
**Rotordurchmesser:** 15,24 m
**Hubschrauberhöhe:** 4,84 m
**Leergewicht:** 3382 kg
**Gesamtgewicht:** 6260 kg
**Höchstgeschwindigkeit:** 259 km/h
**Gipfelhöhe mit Bodeneffekt:** 4877 m
**Reichweite:** 480 km
**Nutzlast:** 2 Piloten + 14 Passagiere

(117)

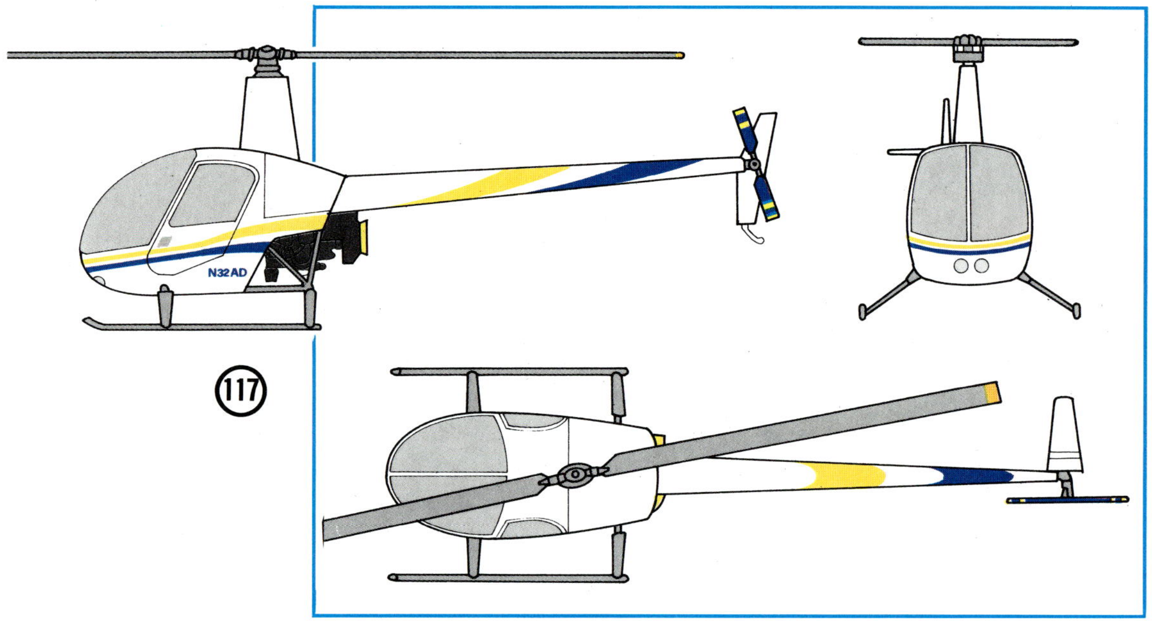


(118)

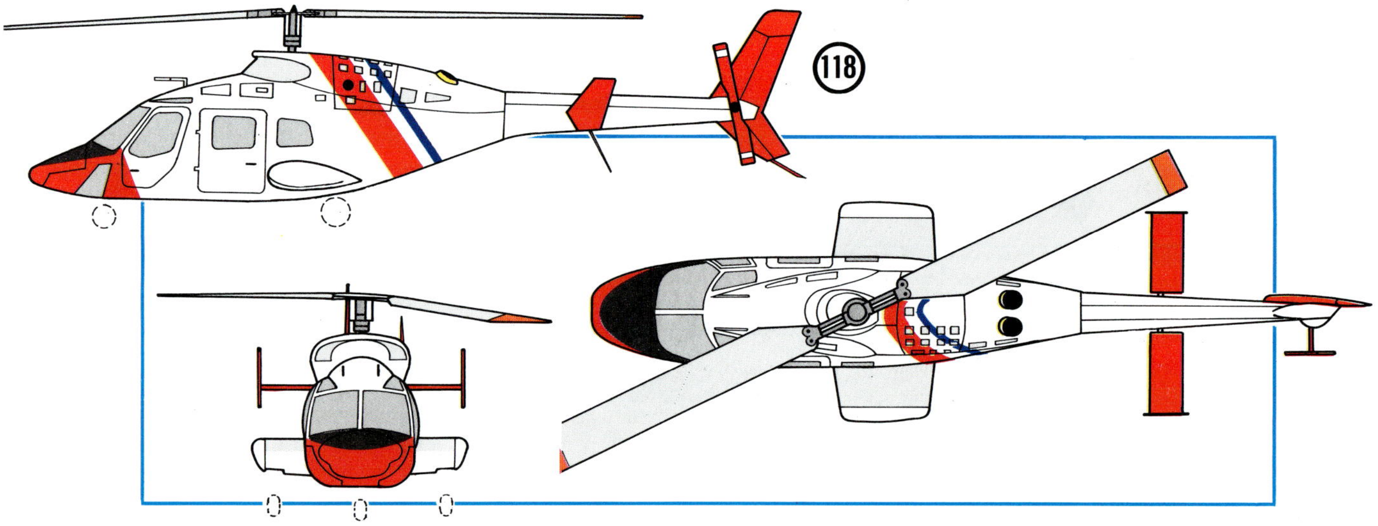

(119)

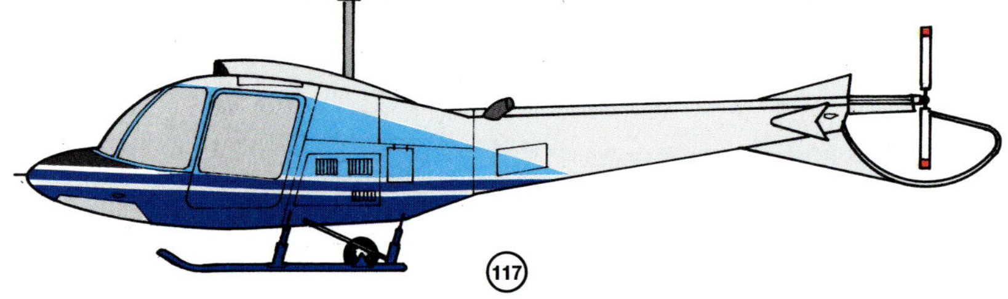

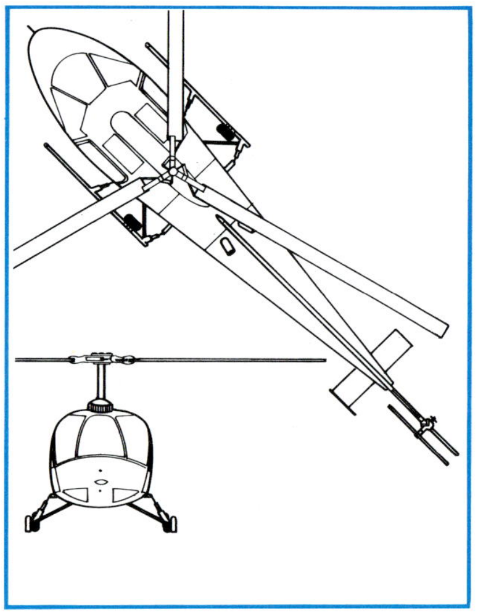

(117)

**Hubschraubertyp:** Robinson R-22 (USA)
**Konstrukteur:** Robinson Helicopter Co.
**Typ:** Leichttransporter
**Motor:** 150-PS Lycoming 0–320-A2B-4
**Rotordurchmesser:** 7,67 m
**Rumpflänge:** 6,30 m

120

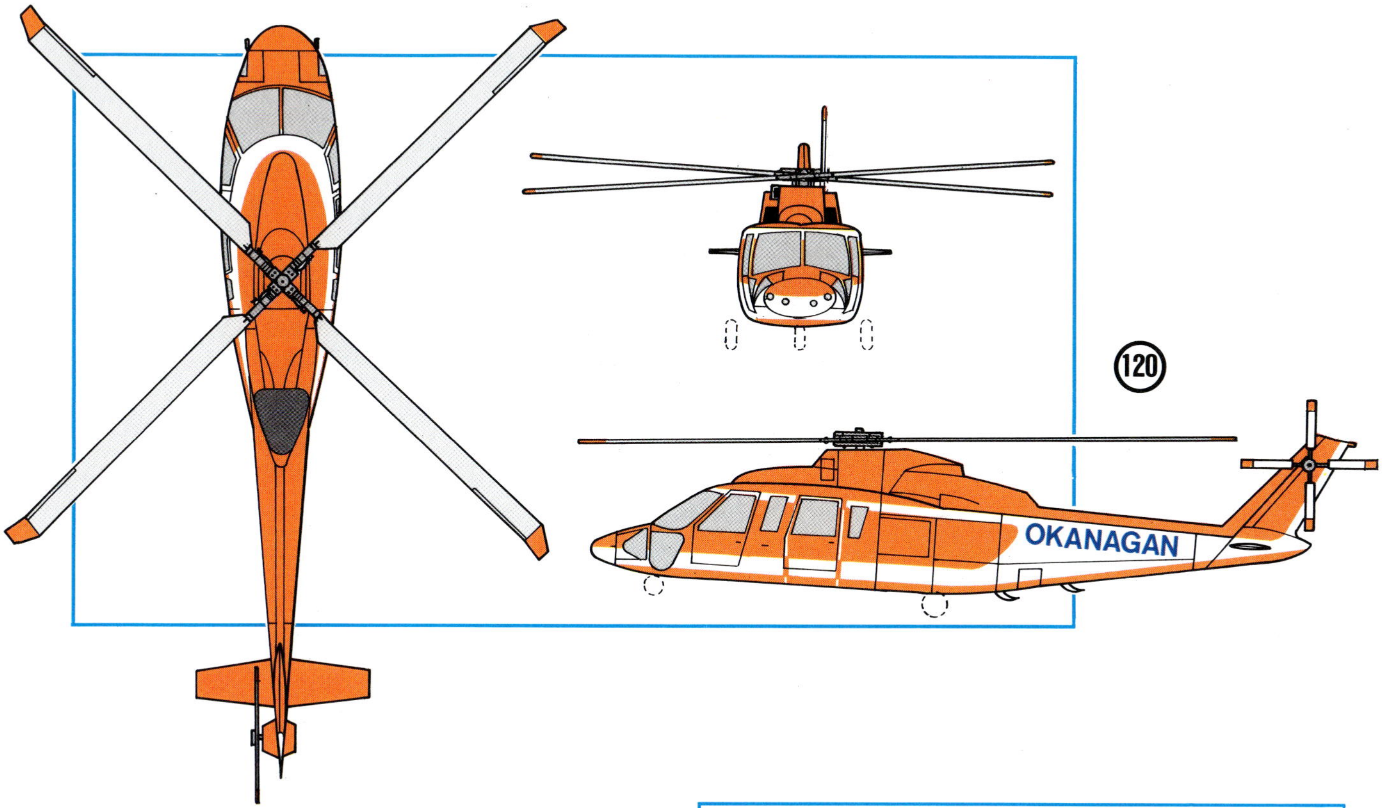


121

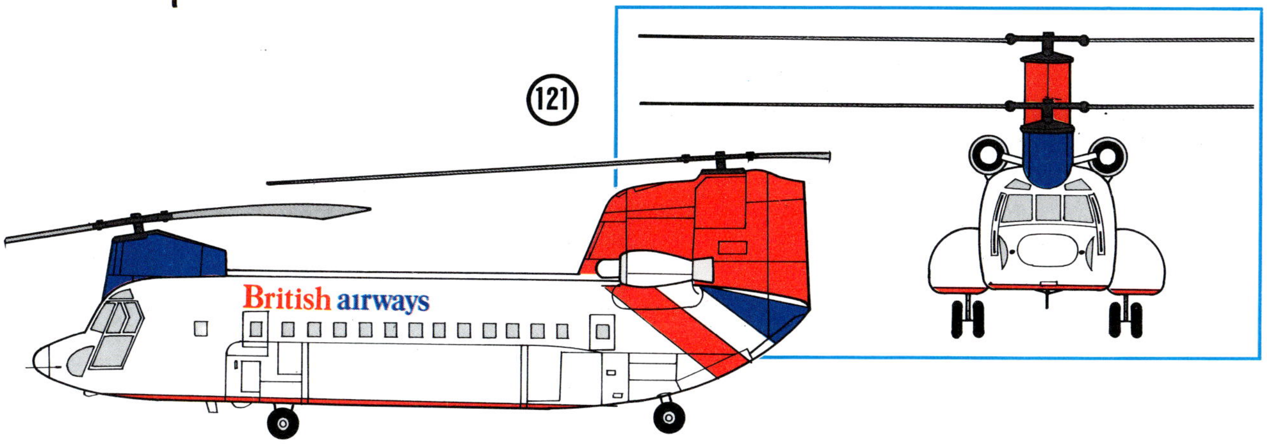


**Gesamtlänge:** 8,76 m
**Hubschrauberhöhe:** 2,67 m
**Leergewicht:** 346 kg
**Gesamtgewicht:** 590 kg
**Höchstgeschwindigkeit:** 174 km/h
**Gipfelhöhe mit Bodeneffekt:** 1980 m
**praktische Gipfelhöhe:** 4265 m
**Reichweite:** 386 km
**Nutzlast:** 1 Pilot + 1 Passagier

118

**Hubschraubertyp:** Bell Model 222 (USA)
**Konstrukteur:** Bell Helicopter Textron
**Typ:** Transporthubschrauber
**Motor:** zwei 675-PS Lycoming LTS-101–650C-2
**Rotordurchmesser:** 12,12 m
**Rumpflänge:** 10,98 m
**Gesamtlänge:** 14,52 m
**Hubschrauberhöhe:** 3,24 m
**Leergewicht:** 2076 kg
**Gesamtgewicht:** 3470 kg
**Höchstgeschwindigkeit:** 265 km/h
**Gipfelhöhe mit Bodeneffekt:** 3235 m
**Reichweite:** 724 km
**Nutzlast:** 2 Piloten + 6 Passagiere

119

**Hubschraubertyp:** Spitfire Mk.II (USA)
**Konstrukteur:** Spitfire Helicopter Co.
**Typ:** Leichttransporter
**Motor:** 420-PS Allison 250-C20B
**Rotordurchmesser:** 9,75 m
**Rumpflänge:** 9,30 m
**Hubschrauberhöhe:** 2,79 m
**Leergewicht:** 601 kg
**Gesamtgewicht:** 1134 kg
**Höchstgeschwindigkeit:** 217 km/h
**Gipfelhöhe mit Bodeneffekt:** 4085 m
**praktische Gipfelhöhe:** 4570 m
**Reichweite:** 495 km
**Nutzlast:** 1 Pilot + 3 Passagiere

120

**Hubschraubertyp:** Sikorsky S-76 (USA)
**Konstrukteur:** Sikorsky Aircraft
**Typ:** Verkehrshubschrauber
**Motor:** zwei 650-PS Allison 250-C30
**Rotordurchmesser:** 13,41 m
**Rumpflänge:** 13,44 m
**Hubschrauberhöhe:** 4,41 m
**Leergewicht:** 2241 kg
**Gesamtgewicht:** 4399 kg
**Höchstgeschwindigkeit:** 269 km/h
**Reichweite:** 748 km
**Nutzlast:** 2 Piloten + 12 Passagiere

121

**Hubschraubertyp:** Boeing Vertol Model 234 (USA)
**Konstrukteur:** Boeing Vertol Company
**Typ:** Handelstransporter
**Motor:** zwei 4750-PS Avco Lycoming AL-5512
**Rotordurchmesser:** 18,29 m
**Rumpflänge:** 15,87 m
**Gesamtlänge:** 30,18 m
**Hubschrauberhöhe:** 5,68 m
**Leergewicht:** 9576 kg
**Gesamtgewicht:** 21 318 kg
**Höchstgeschwindigkeit:** 269 km/h
**Gipfelhöhe mit Bodeneffekt:** 3155 m
**praktische Gipfelhöhe:** 4570 m
**Reichweite:** 1010 km
**Nutzlast:** 44 Personen

(122)

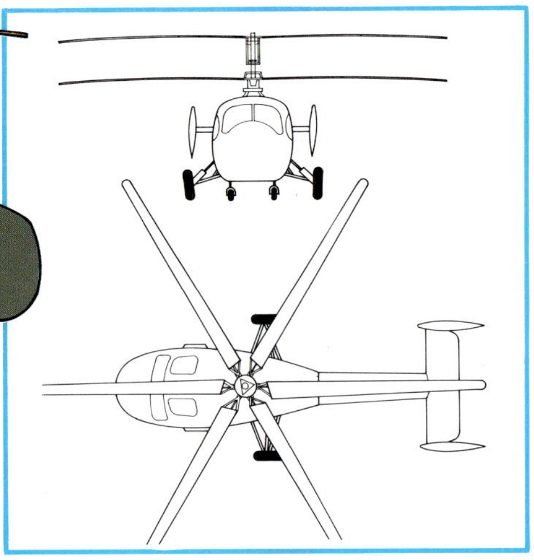

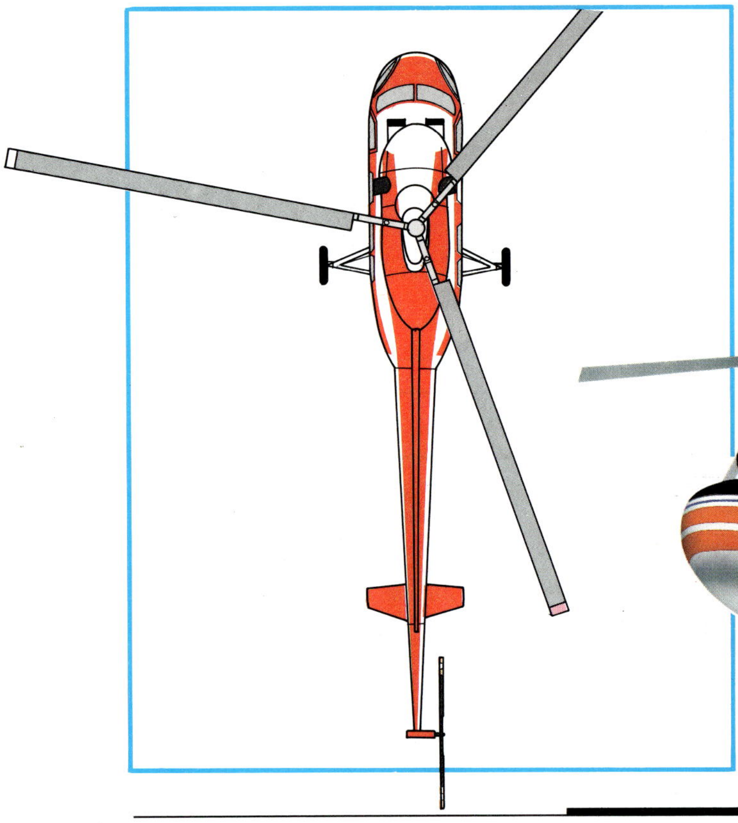

(123)

(122)

**Hubschraubertyp:** Kamov Ka-18 (UdSSR)
**Konstrukteur:** Staatliche Industrie
**Typ:** Mehrzweckhubschrauber
**Motor:** 275-PS AI-14VF
**Rotordurchmesser:** 9,96 m
**Rumpflänge:** 7,03 m
**Hubschrauberhöhe:** 3,34 m
**Leergewicht:** 1040 kg
**Gesamtgewicht:** 1460 kg
**Höchstgeschwindigkeit:** 150 km/h
**Gipfelhöhe mit Bodeneffekt:** 1680 m
**praktische Gipfelhöhe:** 3500 m
**Reichweite:** 400 km

(123)

**Hubschraubertyp:** MIL MI-2 (UdSSR)
**Konstrukteur:** Staatliche Industrie
**Typ:** Leichter Mehrzweckhubschrauber
**Motor:** zwei 437-PS Isotov GTD-350P
**Rotordurchmesser:** 14,50 m
**Rumpflänge:** 11,40 m
**Gesamtlänge:** 17,42 m
**Hubschrauberhöhe:** 3,45 m
**Leergewicht:** 2350 kg
**Gesamtgewicht:** 3700 kg
**Höchstgeschwindigkeit:** 210 km/h
**Gipfelhöhe mit Bodeneffekt:** 2000 m
**praktische Gipfelhöhe:** 4000 m
**Reichweite:** 170 km
**Nutzlast:** 1 Pilot + 8 Passagiere

(124)

**Hubschraubertyp:** MIL MI-6 (UdSSR)
**Konstrukteur:** Staatliche Industrie
**Typ:** Schwertransport- und Angriffshubschrauber
**Motor:** zwei 5500-PS Triebwerke Solowjow D-25V
**Rotordurchmesser:** 35,00 m
**Rumpflänge:** 33,18 m
**Gesamtlänge:** 41,74 m
**Hubschrauberhöhe:** 9,86 m
**Leergewicht:** 27 240 kg
**Gesamtgewicht:** 42 500 kg
**Höchstgeschwindigkeit:** 300 km/h
**praktische Gipfelhöhe:** 4500 m
**Reichweite:** 650 km
**Nutzlast:** 65-90 Personen

(125)

**Hubschraubertyp:** MIL MI-10 (UdSSR)
**Konstrukteur:** Staatsliche Industrie
**Typ:** Fliegender Kran
**Motor:** zwei 5500-PS Triebwerke Solowjow D-25V
**Rotordurchmesser:** 35,00 m
**Rumpflänge:** 32,86 m
**Gesamtlänge:** 41,89 m
**Hubschrauberhöhe:** 9,90 m
**Leergewicht:** 27 000 kg
**Gesamtgewicht:** 43 450 kg
**Höchstgeschwindigkeit:** 202 km/h
**praktische Gipfelhöhe:** 3000 m
**Reichweite:** 250 km
**Nutzlast:** 28 Passagiere o. 15 000 kg Außenlast

(126)

**Hubschraubertyp:** Kamov Ka-26 (UdSSR)
**Konstrukteur:** Staatliche Industrie
**Typ:** Leichter Mehrzweckhubschrauber
**Motor:** zwei 325-PS Vedenejev M-14V-26
**Rotordurchmesser:** 13,00 m
**Rumpflänge:** 7,75 m
**Hubschrauberhöhe:** 4,05 m

(124)

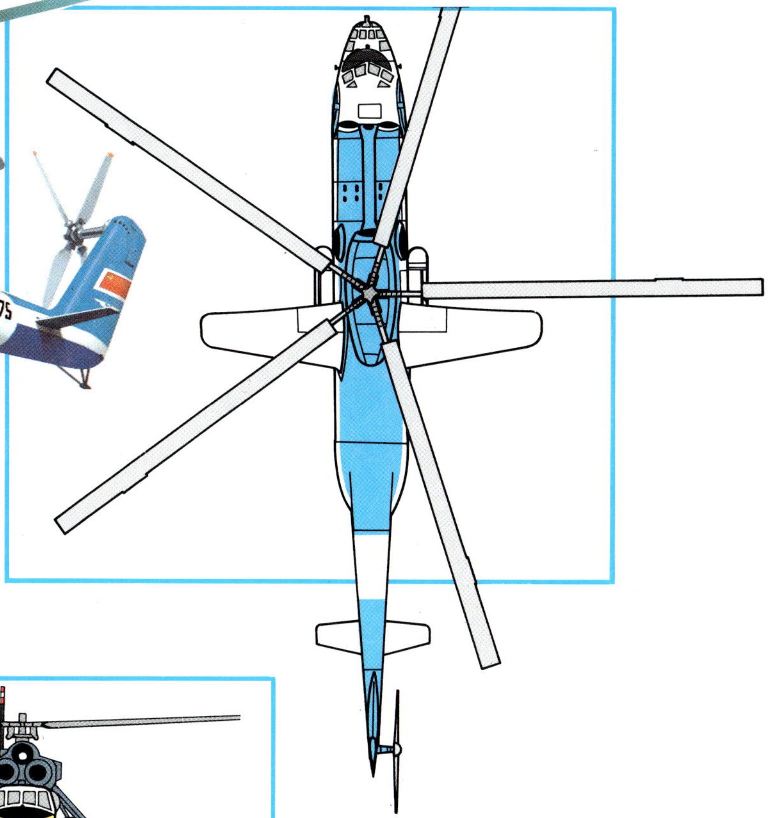

(125)

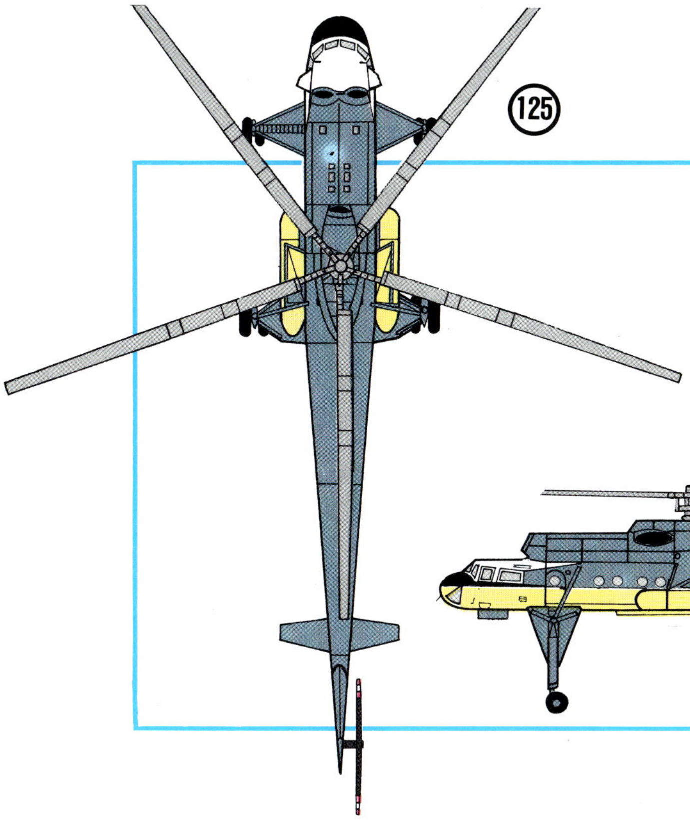

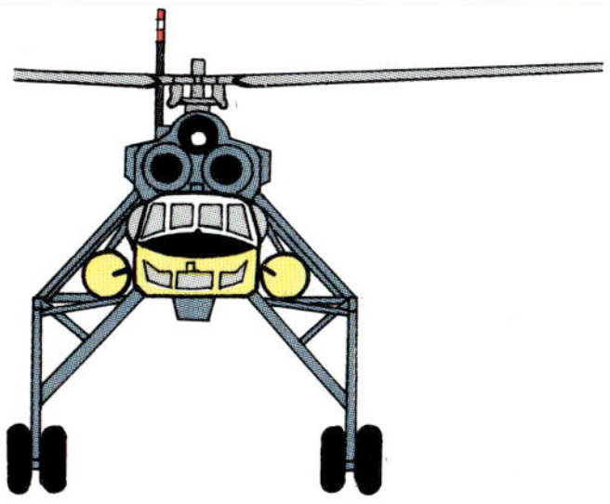

**Leergewicht:** 1950 kg
**Gesamtgewicht:** 3076 kg
**Höchstgeschwindigkeit:** 170 km/h
**praktische Gipfelhöhe:** 3000 m
**Reichweite:** 400 km
**Nutzlast:** 6 Personen

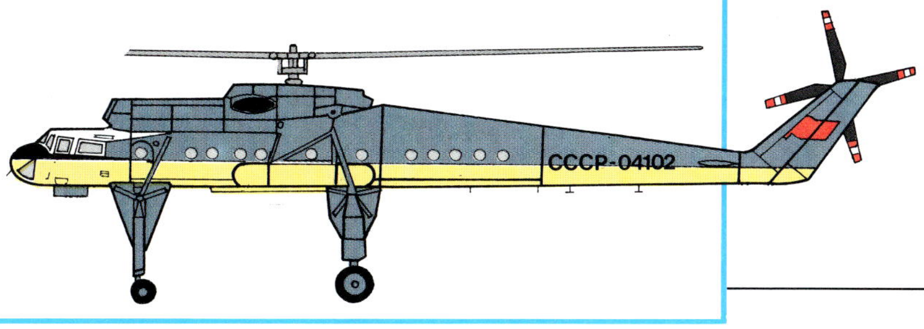


(126)

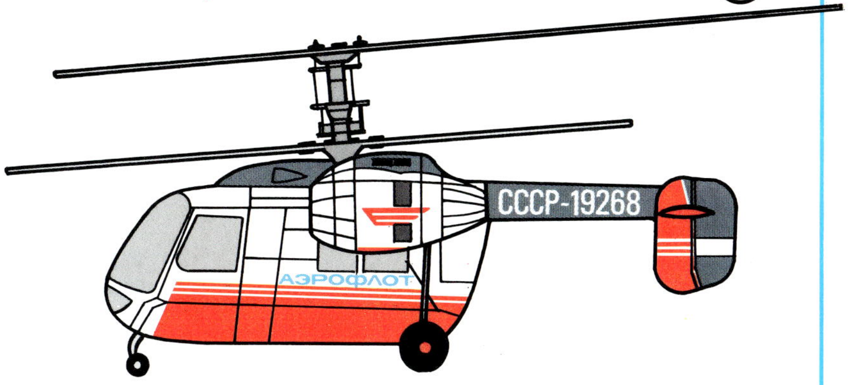


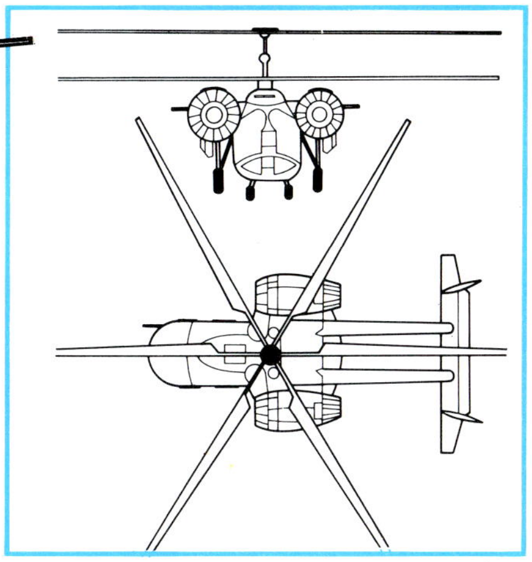

(127)

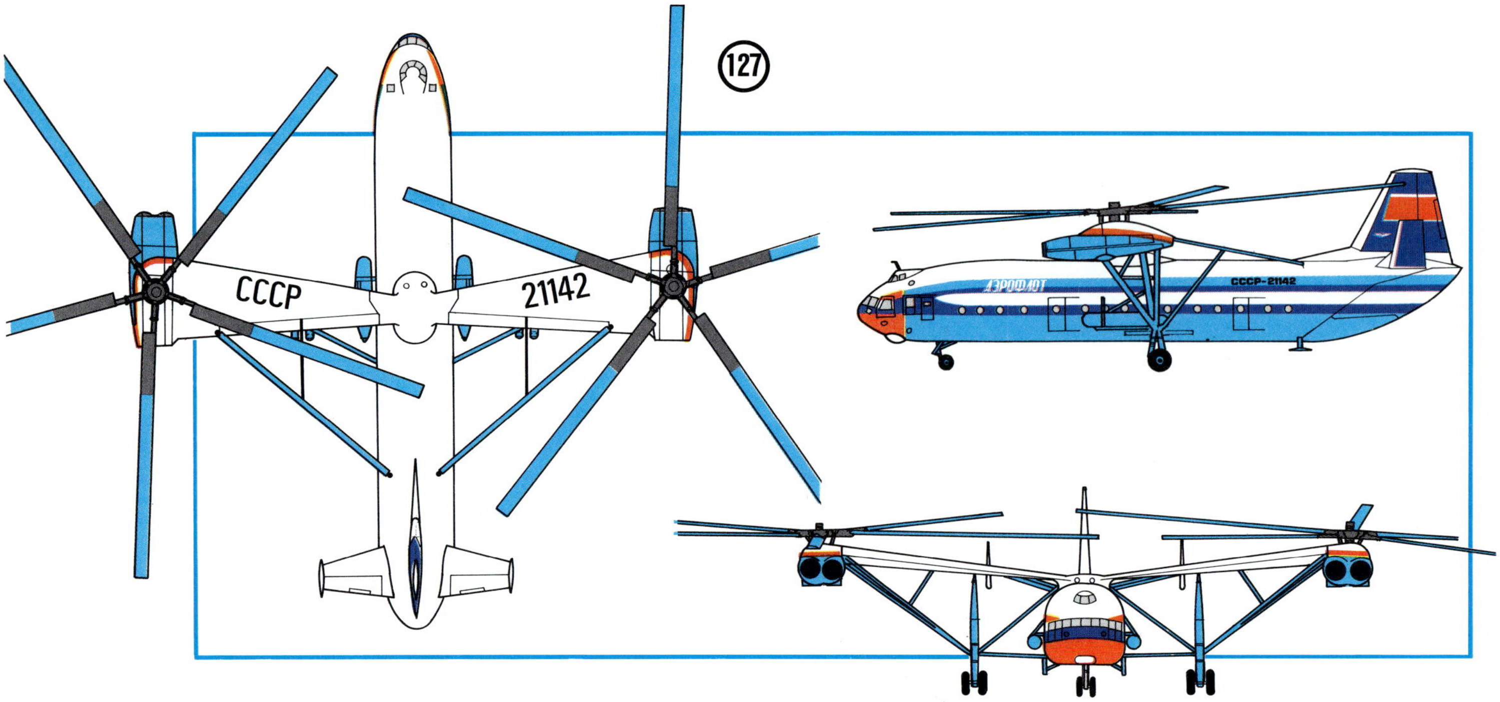


(128)

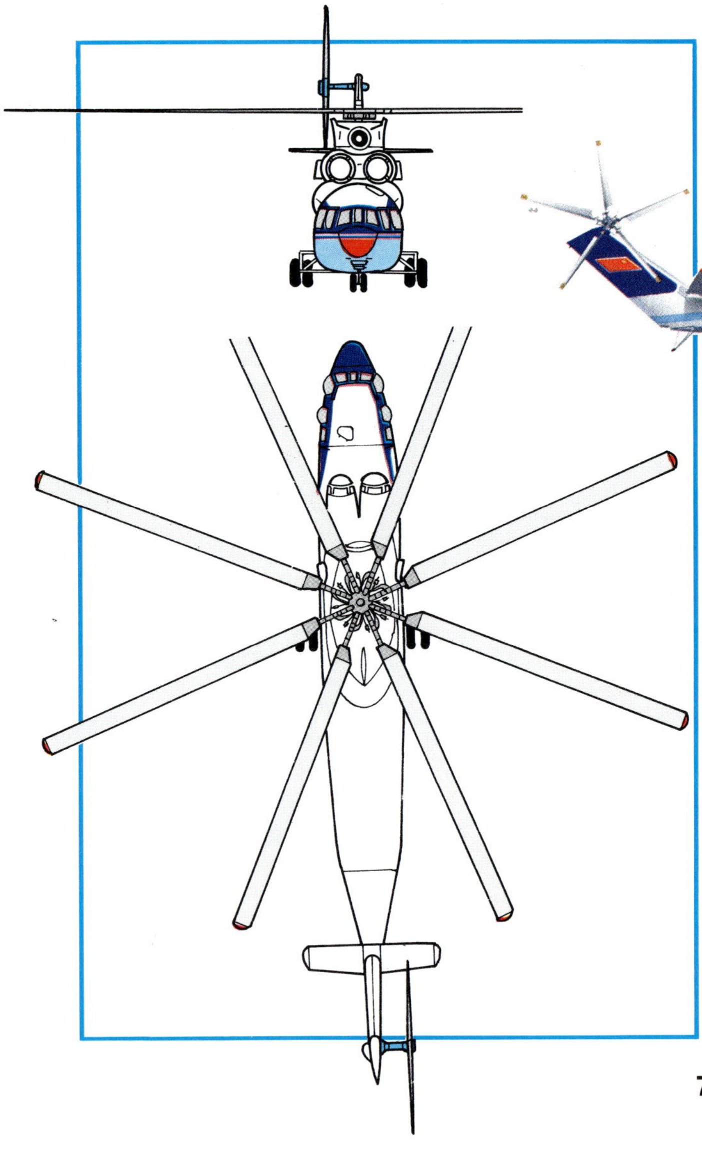

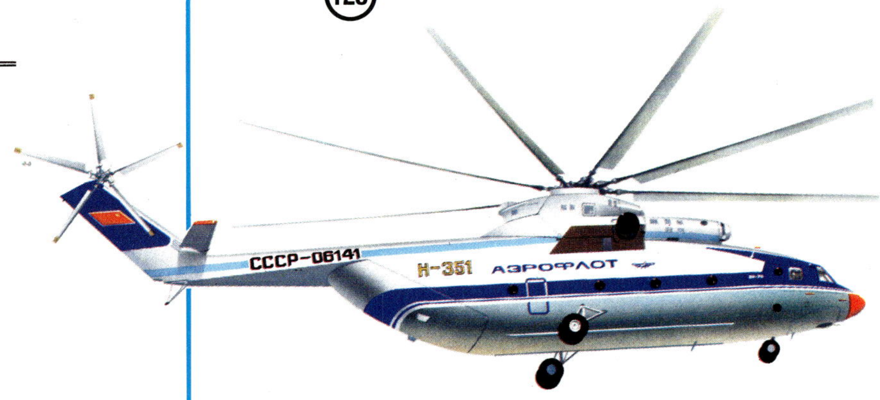


(127)

**Hubschraubertyp:** MIL MI-12 (UdSSR)
**Konstrukteur:** Staatliche Industrie
**Typ:** Schwerer Mehrzweckhubschrauber
**Motor:** vier 6500-PS Triebwerke Solowjow D-25VF
**Rotordurchmesser:** 35,00 m
**Rumpflänge:** 37,00 m
**Hubschrauberhöhe:** 12,50 m
**Gesamtgewicht:** 105 000 kg maximal
**Höchstgeschwindigkeit:** 260 km/h
**praktische Gipfelhöhe:** 3500 m
**Reichweite:** 500 km
**Nutzlast:** 50 Personen

(128)

**Hubschraubertyp:** MIL MI-26 (UdSSR)
**Konstrukteur:** Staatliche Industrie
**Typ:** Schwertransporter
**Motor:** zwei 11 400-PS Triebwerke Sotarev D-136
**Rotordurchmesser:** 32,00 m
**Rumpflänge:** 33,72 m
**Hubschrauberhöhe:** 8,05 m
**Leergewicht:** 28 200 kg
**Gesamtgewicht:** 49 500 kg

(129)

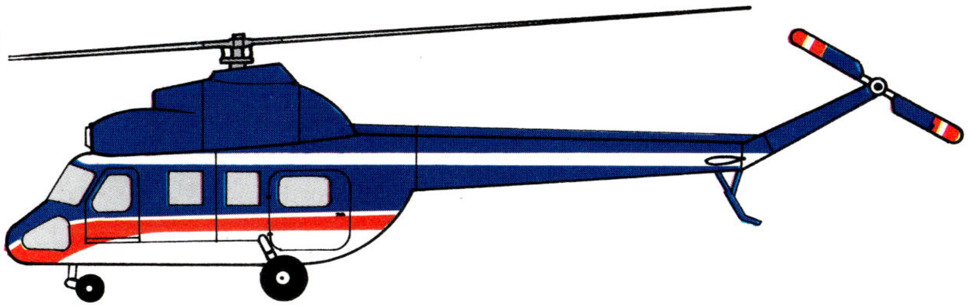

(130)

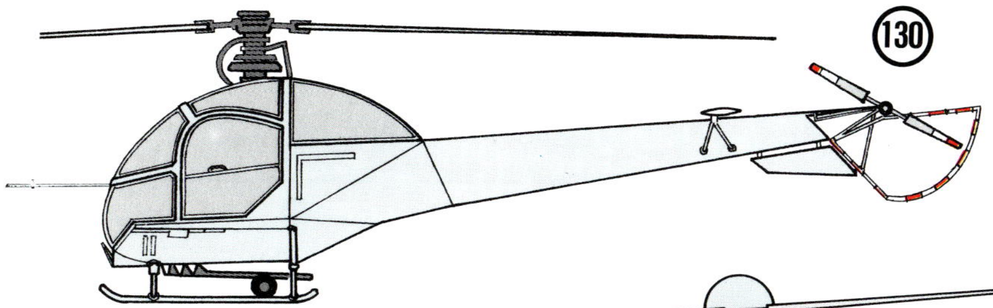

(131)

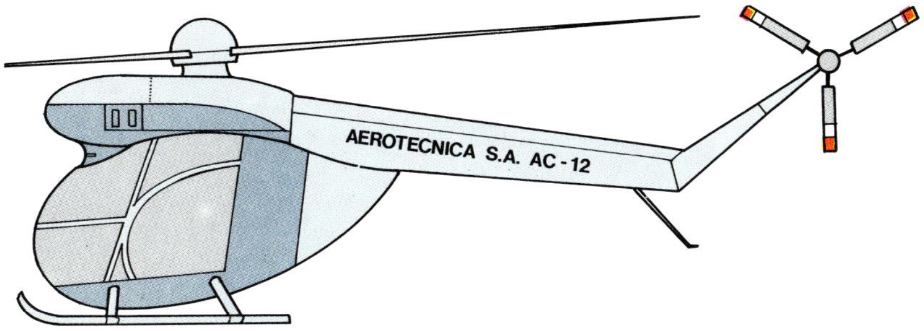


(132)

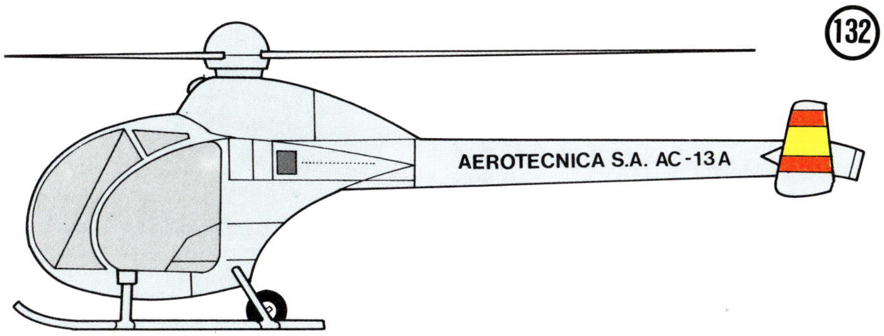


**Höchstgeschwindigkeit:** 295 km/h
**praktische Gipfelhöhe:** 1800 m (stationär)
**Reichweite:** 800 km
**Nutzlast:** 70-100 Personen

(129)

**Hubschraubertyp:** Kania/Kitty Hawk (PL)
**Konstrukteur:** WSK-PZL
**Typ:** Mehrzweckhubschrauber
**Motor:** zwei 420-PS Allison 250-C20B
**Rotordurchmesser:** 14,56 m
**Rumpflänge:** 11,95 m
**Gesamtlänge:** 17,41 m
**Hubschrauberhöhe:** 3,75 m
**Leergewicht:** 2140 kg
**Gesamtgewicht:** 3550 kg
**Höchstgeschwindigkeit:** 211 km/h
**Reichweite:** 500 km
**Nutzlast:** 8 Personen

(130)

**Hubschraubertyp:** Z.35 (CSFR)
**Konstrukteur:** Moravan
**Typ:** Schulungshubschrauber
**Motor:** 140-PS M-332
**Rotordurchmesser:** 8,80 m
**Rumpflänge:** 8,22 m
**Hubschrauberhöhe:** 2,58 m
**Leergewicht:** 520 kg
**Gesamtgewicht:** 725 kg
**Höchstgeschwindigkeit:** 130 km/h
**Gipfelhöhe mit Bodeneffekt:** 1800 m
**praktische Gipfelhöhe:** 3850 m
**Reichweite:** 320 km
**Nutzlast:** 2 Personen

(131)

**Hubschraubertyp:** AC-12 (E)
**Konstrukteur:** Aerotecnica S.A.
**Typ:** Verbindungs- und Beobachtungshubschrauber
**Motor:** 168-PS Lycoming 0–360-B2A
**Rotordurchmesser:** 8,50 m
**Rumpflänge:** 7,55 m
**Hubschrauberhöhe:** 2,75 m
**Leergewicht:** 500 kg
**Gesamtgewicht:** 820 kg
**Höchstgeschwindigkeit:** 145 km/h
**Gipfelhöhe mit Bodeneffekt:** 2400 m
**praktische Gipfelhöhe:** 4000 m
**Reichweite:** 230 km
**Nutzlast:** 1 Pilot + 1 Beobachter

(132)

**Hubschraubertyp:** AC-13 (E)
**Konstrukteur:** Aerotecnica S.A.
**Typ:** Verbindungs- und Beobachtungshubschrauber
**Motor:** 260-PS Turboméca Artouste I
**Rotordurchmesser:** 9,37 m
**Rumpflänge:** 7,48 m
**Hubschrauberhöhe:** 2,75 m
**Leergewicht:** 574 kg
**Gesamtgewicht:** 880 kg
**Höchstgeschwindigkeit:** 140 km/h
**Gipfelhöhe mit Bodeneffekt:** 2650 m
**praktische Gipfelhöhe:** 6065 m
**Reichweite:** 300 km
**Nutzlast:** 1 Pilot + 1 Beobachter

(133)

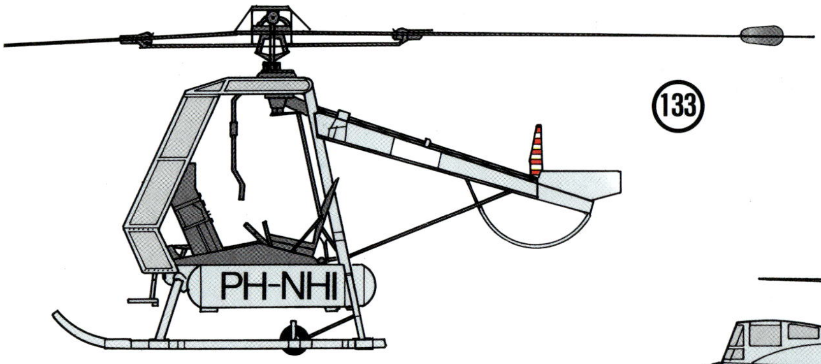


(134)

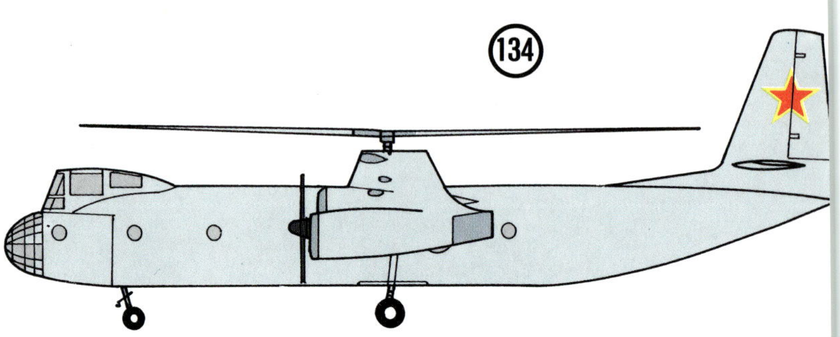

(135)

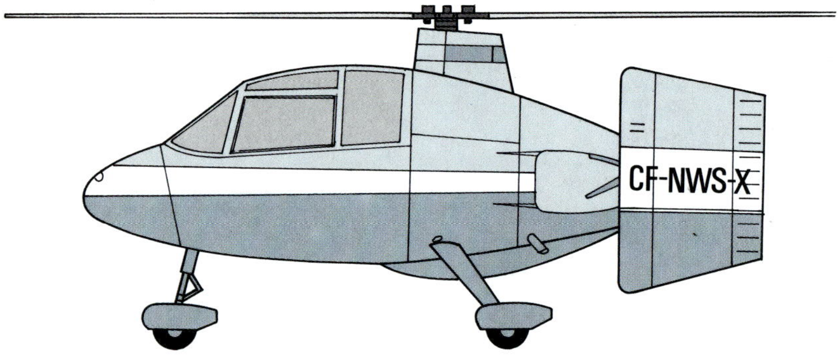


(136)

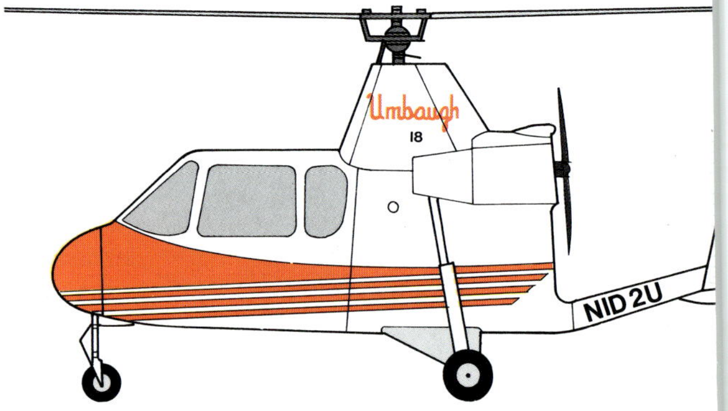


(133)

**Hubschraubertyp:** NHI H-3 Kolibrie (NL)
**Konstrukteur:** Nederlandse Helicopter Industrie N.V.
**Typ:** Agrarhubschrauber
**Motor:** 2 Staustrahltriebwerke TJ5 mit je 125 kp
**Rotordurchmesser:** 10,57 m
**Rumpflänge:** 4,00 m
**Hubschrauberhöhe:** 2,57 m
**Leergewicht:** 200 kg
**Gesamtgewicht:** 650 kg
**Höchstgeschwindigkeit:** 120 km/h
**Reichweite:** 100 km
**Nutzlast:** 1 Pilot + 1 Passagier

(134)

**Hubschraubertyp:** Kamov Ka-22 (UdSSR)
**Konstrukteur:** Staatliche Industrie
**Typ:** Transporthubschrauber (Prototyp)
**Motor:** zwei 5520-PS Ivchenko TB-2
**Rotordurchmesser:** 20,00 m
**Gesamtlänge:** 23,00 m
**Hubschrauberhöhe:** 8,25 m
**Leergewicht:** 13 500 kg
**Gesamtgewicht:** 30 000 kg
**Höchstgeschwindigkeit:** 365 km/h
**Nutzlast:** 16 000 kg

(135)

**Hubschraubertyp:** Avian 2/180 Gyroplane (CDN)
**Konstrukteur:** Avian Aircraft
**Typ:** zweisitziger Verbundhubschrauber
**Motor:** 200-PS Lycoming L0–360
**Rotordurchmesser:** 11,28 m
**Rumpflänge:** 4,92 m
**Hubschrauberhöhe:** 2,95 m
**Leergewicht:** 590 kg
**Gesamtgewicht:** 862 kg
**Höchstgeschwindigkeit:** 193 km/h
**praktische Gipfelhöhe:** 4280 m
**Reichweite:** 640 km

(136)

**Hubschraubertyp:** Umbaugh Model 18 (USA)
**Konstrukteur:** Umbaugh Aircraft Corporation
**Typ:** zweisitziger Tragschrauber
**Motor:** 180-PS Lycoming 0360
**Rotordurchmesser:** 10,67 m
**Rumpflänge:** 6,50 m
**Hubschrauberhöhe:** 3,05 m
**Höchstgeschwindigkeit:** 202 km/h
**praktische Gipfelhöhe:** 4570 m
**Reichweite:** 560 km

(137)

**Hubschraubertyp:** Wallis WA-116F (USA)
**Konstrukteur:** K. Wallis
**Typ:** leichter Tragschrauber
**Motor:** 72-PS McCulloch
**Rotordurchmesser:** 6,20 m
**Rumpflänge:** 3,38 m
**Leergewicht:** 143 kg
**Gesamtgewicht:** 317 kg
**Höchstgeschwindigkeit:** 161 km/h

(138)

**Hubschraubertyp:** Bell XV-15 (USA)
**Konstrukteur:** Bell Helicopter
**Typ:** Prototyp mit Kipprotoren
**Motor:** zwei 1550-PS Lycoming T53
**Rotordurchmesser:** 7,62 m
**Rumpflänge:** 12,82 m

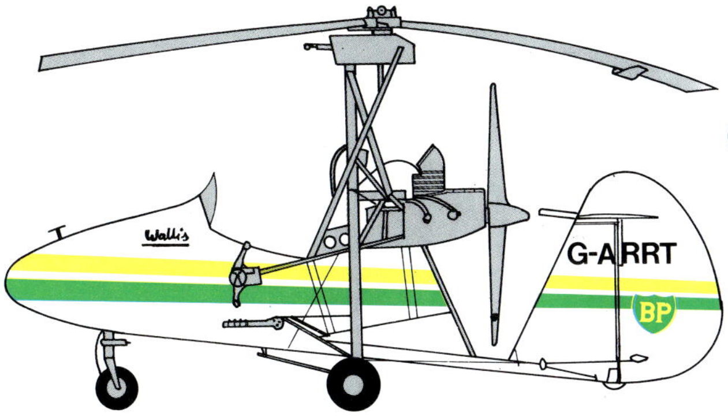


(137)

(138)

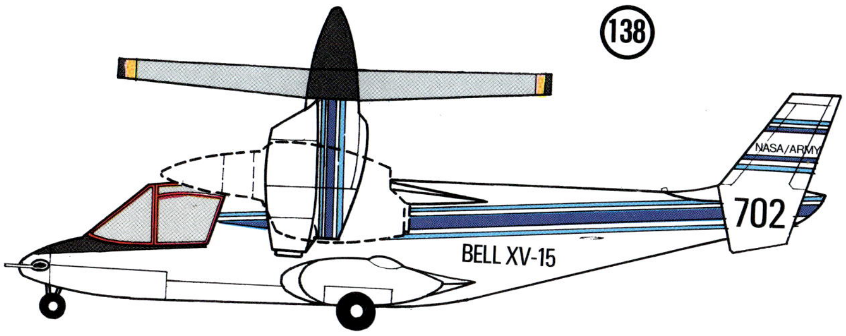

(139)

(140)

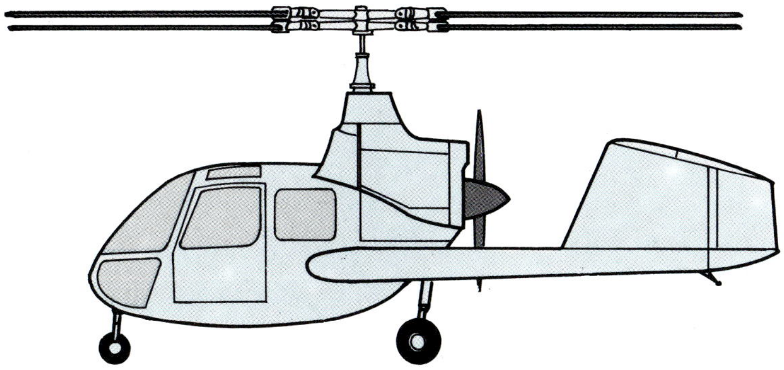

**Hubschrauberhöhe:** 3,85 m
**Leergewicht:** 4350 kg
**Gesamtgewicht:** 5900 kg
**Höchstgeschwindigkeit:** 558 km/h

(139)

**Hubschraubertyp:** Bensen B-8M (USA)
**Konstrukteur:** Bensen Aircraft
**Typ:** einsitziger Tragschrauber
**Motor:** 72-PS McCulloch
**Rotordurchmesser:** 6,70 m
**Rumpflänge:** 3,45 m
**Gesamtgewicht:** 227 kg
**Höchstgeschwindigkeit:** 137 km/h
**Reichweite:** 160 km

(140)

**Hubschraubertyp:** AISA Autogiro GN (E)
**Konstrukteur:** AISA
**Typ:** Tragschrauber
**Motor:** 300-PS Lycoming L0–540
**Rotordurchmesser:** 12,80 m
**Rumpflänge:** 6,50 m
**Flügelspannweite:** 2,60 m
**Hubschrauberhöhe:** 3,20 m
**Leergewicht:** 708 kg
**Gesamtgewicht:** 1200 kg
**Höchstgeschwindigkeit:** 240 km/h
**Steiggeschwindigkeit:** 390 m/min
**Reichweite:** 800 km

# REGISTER